文通天下

突　破　认　知　的　边　界

七碗受不得，
陈一壶得，
生趣也，
拚百手缘，
山瞑茶，
丁酉春
帝凌生

剪雪裁梅——有人嫌太瘦，又有人嫌太清，都不是，我知音。
谁是我知音？孤山人姓林。自从西湖别后，辜负我，到如今！

流光容易把人抛

丁酉立夏时节 帝浇写

诗不能卖钱。一首新诗，如拈断数根须即能脱稿，那成本还是轻的，
怕的是像牡蛎肚里的一颗明珠，那本是一块病，
经过多久的滋润涵养才能磨炼孕育成功，写出来到哪里去找雇主？

竹景入帘蕉阴荫槛故需团圆一卧不知身在冰壶鲛室　戊戌冬　小林

石上藤蘿牆頭薜荔本
窗幽致絕勝深山加以
清風明月物外之情盡
堪閒適 戊戌老山林

看山头吐月，红盘乍涌，一霎间，清光四射，天空皎洁，四野无声，微闻犬吠，坐客无不悄然！舍前有两株梨树，等到月升中天，清光从树间筛洒而下，地上阴影斑斓，此时尤为幽绝。直到兴阑人散，归房就寝，月光仍然逼进窗来，助我凄凉。

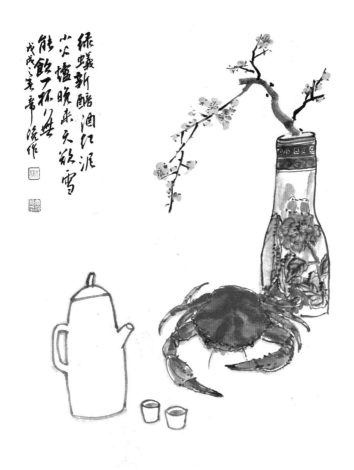

绿蚁新醅酒,红泥
小火炉。晚来天欲雪,
能饮一杯无。

戊戌冬帝溪作

有道之士,对于尘劳烦恼早已不放在心上,自然更能欣赏沉默的境界。

这种沉默,不是话到嘴边再咽下去,是根本没话可说,所谓"知者不言,言者不知"。

世尊在灵山会上,拈花示众,众皆寂然,唯迦叶破颜微笑,这会心向笑胜似千言万语。

酒有别肠，不必长大。

日日是好日

己亥之夏常流写意

眉挑烟火
过一生

梁实秋

——

著

读者出版社

图书在版编目（CIP）数据

眉挑烟火过一生 / 梁实秋著 . –– 兰州 : 读者出版
社 , 2024.1
　　ISBN 978–7–5527–0767–0

　　Ⅰ . ①眉… Ⅱ . ①梁… Ⅲ . ①散文集—中国—现代
Ⅳ . ① I266

中国国家版本馆 CIP 数据核字（2023）第 196087 号

眉挑烟火过一生

梁实秋　著

总 策 划　禹成豪　梁珍珍
责任编辑　房金蓉
封面设计　仙　境

出版发行　读者出版社
地　　址　兰州市城关区读者大道 568 号（730030）
邮　　箱　readerpress@163.com
电　　话　0931-2131529（编辑部）　0931-2131507（发行部）

印　　刷　天津旭非印刷有限公司
规　　格　开本 880 毫米 ×1230 毫米　1/32
　　　　　印张 8　字数 172 千
版　　次　2024 年 1 月第 1 版
　　　　　2024 年 1 月第 1 次印刷
书　　号　ISBN 978–7–5527–0767–0
定　　价　49.80 元

目　录

辑　一

味况

抱月听风　淡看人间

一个人不能找到一个去处比他自己的灵魂更为清净。理性的特征便是面对自己的正当行为及其所产生宁静和平和怡然自得。

辑 二

意趣

今我不乐 岁月如驰

人生不过一段来了又走的旅程，有苦有甜才是生活，有喜有悲才是人生，好好地快乐度日，并从中发现生活的诗意。

辑 三

他们
山河不足重 重在遇知己

你走，我不送你。你来，无论多大风多大雨，我要去接你。

食味

人间烟火 最抚人心

食谱有两种：一种是文人雅士之闲情偶寄，以冷隽之笔，写饮食之妙，读其文字即有妙趣，不一定要操动刀匕，照方调配；另一种是专供家庭参考，不惜详细说明，金针度人。

辑 五

艺术
把日子过成诗

心美，世间皆美。会看花的人，就会看云，看月，看星辰，并在人世一切中看到智慧。

一般人隐居在乡间，在海边，在山上，

你也曾最向往这样的生活，

但这乃是最为庸俗的事，

因为你随时可以退隐到你自己心里去。

一个人不能找到一个去处比他自己的灵魂更为清静。

——梁实秋

辑一

味况

抱月听风　淡看人间

一个人不能找到一个去处比他自己的灵魂更为清净。理性的特征便是面对自己的正当行为及其所产生宁静和平和怡然自得。

平山堂记

我常以为，关于居住的经验，我的一份是很宏富的。最特别的，如王宝钏住过的那种"窑"，我都住过一次，其他就不必说了。然而不然。我住过平山堂之后，才知道天下之大无奇不有，我的以往的经验实在是渺不足道。

平山堂者，广州国立中山大学城内教员宿舍也。我于一九四八年十二月避乱南征，浮海十有六日，于一九四九年一月一日抵广州，应中山大学聘，迁入平山堂。在迁入之前，得知可以获得"二房一厅"，私心庆幸不置。三日吉辰，携稚子及行李大小十一件乘"指挥车"往，到了一座巍巍大楼之下，车戛然止。行李卸下之后，登楼巡视，于黢黑之甬道中居然有管理员，于是道明来意，取得钥匙。所谓二房一厅者，乃屋一间，以半截薄板隔成三块，外面一块名曰厅，里面那两块名曰房。于浮海十有六日之后，得此大为满意，因房屋甚为稳定，全不似海上之颠簸，突兀广厦，寒士欢颜。

平山堂有石额，金曾澄题，盖构于二十余年前，虽壁垩斑驳，蛛网尘封，而四壁峭立，略无倾斜。楼上为教员宿舍，约住二十余家，楼下为附属小学，学生数百人，又驻有内政部警察大队数十名，又有司法官训练班教室及员生数十人，楼之另一翼为附属中学教员宿舍，盖亦有数十家。房屋本应充分利用，若平山堂者可谓毫无遗憾。

我们的房间有一特点，往往需两家共分一窗，而且两家之间的墙壁上下均有寸许之空隙，所以不但鸡犬之声相闻，而且炊烟袅袅随时可以飘荡而来。平山堂无厨房之设备，各家炊事均需于其二房一厅中自行解决之。我以一房划为厨房，生平豪华莫此为甚，购红泥小火炉一，置炭其中临窗而点燃之，若遇风向顺利之时，室内积烟亦不太多，仅使人双目流泪略感窒息而已。各家炊饭时间并不一致，有的人黎明即起生火煮粥，亦有人于夜十二时开始操动刀砧生火烧油哗啦一声炒鱿鱼。所以一天到晚平山堂里面烟烟煴煴。有几家在门外甬道烧饭，盘碗罗列，炉火熊熊，俨然是露营炊饭之状，行人经过，要随时小心不要踢翻人家的油瓶醋罐。

水势就下，所以很难怪楼上的那仅有的一个水管不出水。在需用水的时候，它不绝如缕，有时候扑簌如落泪，有时候只有吱吱的干响如助人之叹息。唯一水源畅通的时候是在午夜以后，有识之士就纷纷以铅铁桶轮流取水囤积，其声淙然，彻夜不绝。白昼用水则需下楼汲取。楼下有蓄水池，洗澡、洗衣、洗米即在池边举行，有时亦在池内举行之。但是我们的下水道是相当方便的，窗口即是下水道，随时可以听见哗的一声响。举目一望，即可看见各式各样的器皿在窗口一晃而逝。至于倒出来的东西，其内容是相当复杂的了。

老练的人参观一个地方，总要看看它的厕所是什么样子。关于这一点我总是抱着"谢绝参观"的态度，所以也不便多所描写，我只能提供几点事实。的的确确，我们是有厕所的，而且有两处之多，都在楼下，而且至少有五百人以上集体使用，不分男女老幼。原来每一个小房间都有门的，现在门已多不知去向。原来是可以抽水的，现已不通水。据一位到过新疆的朋友告诉我，那地方大家都用公共厕所，男女不分，而且使用的人都是面朝里蹲下。朝里朝外倒没有关系，只是大家都要有一致的方向就好。可惜关于此点，平山堂没有规定，任何人都要考虑许久，才能因地制宜决定方向。

平山堂多奇趣。有时候东头发出惨叫声，连呼救命，大家蜂拥而出，原来是一位后母在鞭挞孩子。有时西头号啕大哭，如丧考妣，大家又蜂拥而出，原来是一位五十多岁的老太婆被儿媳逼迫而伤心。有时候，一声吆喝，如雷贯耳，原来是一位热心人报告发薪的消息，这一回是家家蜂拥而出，夺门而走，搭汽车，走四十分钟到学校，再搭汽车，四十分钟回到城内，跑金店兑换港纸——有一次我记得清清楚楚兑得港币三元二毫五仙。

别以为平山堂不是一个好去处，当时多少人羡慕我们住在这样一个好地方。平山堂旁边操场上，躺着三五百男男女女从山东流亡来的青年学生（我祝福他们，他们现在大概是在澎湖吧），有的在生病，有的满身渍泥。我的孩子眼泪汪汪地默默地拿了十元港纸买五十斤大米送给他们煮粥吃。那一夜，我相信平山堂上有许多人没有能合眼。平山堂前面进德会旁檐下躺着一二百人，内中有东北的学生、教授及眷属，撑起被单、毛毯而挡不住那斜风细雨的侵袭。

邻居的一位朋友题了一首咏平山堂的诗如下：

岁暮犹为客，荒斋举目非。

炊烟环室起，烛影一痕微。

蛮语穿尘壁，蚊雷绕翠帏。

干戈何日罢，携手醉言归？

盖纪实也。我于一九四九年六月离平山堂，到台湾省。我于平山堂实有半年之缘。现在想想，再回去尝受平山堂的滋味，已不可得。将来归去，平山堂是否依然巍立，亦不可知。半年来平山堂之种种，恐日久或忘，是为记。

谈礼

礼不是一件可怕的东西，不会"吃人"。礼只是人的行为的规范。人人如果都自由行动，社会上的秩序必定要大乱。法律是维持秩序的一套方法，但是关于法律的力量不及的地方，为了使人能更像是一个人，使人的生活更像是人的生活，礼便应运而生。礼是一套法则，可能有官方制定的成分在内，亦可能有世代沿袭的成分在内，在基本精神上还是约定俗成的性质，行之既久，便成为大家公认共守的一套规则。一套礼法也不是一成不变的，事实上是随时在变，不过可能变得很慢，可能赶不上时代环境之变迁得那样快，因此至少在形式上可能有一部分变成不合时宜的东西。礼，除非是太不合理，总是比没有礼好。这道理有一点像"坏政府胜于无政府"。有些人以为礼是陈腐的有害的东西，这看法是不对的。

我们中国是礼仪之邦，一向是重礼法的。见于书本的古代的祭礼、丧礼、婚礼、士相见礼等等，那是一套。事实上，社会上流行的又是一套。现行的一套即是古礼之逐渐地个别地修正，虽然各地情形不同，大体上尚有规模存在，等到中西文化接触之后便比较有紊乱的现象了。紊乱尽管紊乱，礼还是有的，制礼定乐之事也许不是当前急务，事实上吾人之生活中未曾一日无礼的活动。问题是我们是否认真地严肃地遵循着礼。孔门哲学以"克己复礼"为做人的大道理，意即为吾人行事应处处约束自己，使合于礼的规范。怎样才是非礼勿视、非礼勿言、非礼勿动，那是值得我们随时思考警惕的。

读书人应该知道礼，但是有些人偏不讲礼，即所谓名士。六朝时这种名士最多，《世说新语》载阮籍的一句话最有趣："礼岂为我辈设也？"好像礼是专为俗人而设。又载这样的一段：

> 阮步兵丧母，裴令公往吊之。阮方醉，散发坐床，箕踞不哭。裴至，下席于地，哭吊毕，便去。或问裴曰："凡吊，主人哭，客乃为礼。阮既不哭，何为哭？"裴曰："阮方外之人，故不崇礼制。我辈俗中人，故以仪轨自居。"

时人叹为两得其中。

没有阮籍之才的人，还是以仪轨自居为宜。像阮步兵之流，我们可以欣赏，不可以模仿。

中西礼节不同。大部分在基本原则上并无二致，小部分因各有传统亦不必强同。以中国人而用西方的礼，有时候觉得颇不合适，如必欲行西方之礼，则应知其全部底蕴，不可徒效其皮毛，而乱加使用。例如，握手乃西方之礼，但后生小子在长辈面前不可首先遽然伸手，因为长幼尊卑之序终不可废，中西一理。再例如，祭祖先是我们家庭传统所不可或缺的礼，其间绝无迷信或偶像崇拜之可言，只是表示"慎终追远"的意思，亦合于我国所谓之孝道，虽然是西礼之所无，然义不可废。我个人觉得，凡是我国之传统，无论其具有何种意义，苟非荒谬残酷，均应不轻予废置。再例如，电话礼貌，在西方甚为重视，访客之礼、探病之礼，均有不成文之法则，吾人亦均应妥为仿行，不可忽视。

礼是形式，但形式背后有重大的意义。

说俭

俭是我们中国的一项传统的美德。老子说他有三宝，其中之一就是"俭"，"俭故能广"。《易·否》："君子以俭德辟难。"《书·太甲上》："慎乃俭德，唯怀永图。"《墨子·辞过》："俭节则昌，淫逸则亡。"都是说俭才能使人有远大的前途、长久的打算、安稳的生活。古训昭然，不需辞费。读书人尤其喜欢以俭约自持，纵然显达，亦不欲稍涉骄溢。极端的例如正考父为上卿，饘粥以糊口，公孙宏位在三公，犹为布被，历史上都传为美谈。大概读书知理之人，富在内心，应不以处境不同而改易其操守。所以，无论从哪一种伦理学说来看，俭都是极重要的一宗美德，所谓"俭，德之共也"就是这个意思。不过，理想自理想，事实自事实，侈靡之风亦不自今日始。一千年前的司马温公在他著名的《训俭示康》一文里，对于当时的风俗奢侈即已深致不满。"走卒类士服，农夫蹑丝履"，他认为是怪事。士大夫随俗而靡，他更认为可异。可见美德自美德，能实践的人大概不多。也许正因为风俗奢侈，所以这一项美德才有不时地标出的必要。

在西洋，情形好像是稍有不同。柏拉图的"共和国"，列举"四大美德"（Cardinal Virtues），而俭不在其内。

"在贫穷，在退隐，在与上天同在。"不过这只是为修道之士说法，其境界不是一般人所能企及的。西洋哲学的主要领域是它的形而上学部分，伦理学不是主要部分，这是和我们中国传统迥异其趣的。所以在西洋，俭的观念一向是很淡薄的。

奢与俭本无明确界限，在某一时某一地并无愧于俭德之事，在另一时另一地即可构成奢侈行为。

求雨

一九八三年九月二十五日报纸，桃园县"新屋观音两乡农民跪行祈雨六个小时"。仪式很隆重。上午八点不到，穿麻衣的两乡乡长、水利站长、村长代表等十余人，以及一千余名农友，齐集观音乡保生村溥济宫前，向保生大帝表明求祝的意旨后，转往茄冬溪进行"赤手摸鱼"。如摸得鲫鱼则求雨得雨，如摸得虾则求雨无雨，神亦莫能助。摸了二十分钟果然得鲫。众大欢喜，于是一路跪拜返回溥济宫，宣读求雨的祷告文。随后就"出祈"，一路跪拜，沿公路到新屋乡的北湖村，三步一拜，五步一跪，到北湖村后折返，一路大喊"求天降下雨"，返抵溥济宫已过下午四时。

天久不雨是一件大事。《春秋》就不断地有记载，例如文公二年"自十有二月不雨，至于秋七月"，半年多不下雨，当然很严重。《水浒传》里的一首山歌："夏日炎炎似火烧，野田禾稻尽枯焦。农夫心内如汤煮，公子王孙把扇摇。"其实我们靠天吃饭，果真大旱，把扇摇也不能当饭吃。

求雨之事，古已有之。旱而求雨之大祭曰雩。《公羊传·桓公五年》："大雩者何，旱祭也。"何休注："雩，请雨祭名。君亲之南郊，以六事谢过自责曰：'政不一与？民失职与？宫室崇与？妇谒盛与？苞苴行与？谗夫倡与？'使童女各八人，舞而呼雩，故谓之雩。"旱祭之时，君王谢过自责，虽然是一种虚文，究竟是负责知耻的表现，并不以灾祸完全诿之于天。天灾人祸是两件事，借天灾而反躬自省，不也很好吗？

"东山霖雨西山晴"，雨究竟是地方的事，所以求雨也不能专靠君王。《礼记·月令》：仲夏之月，"命有司为民祈祀山川百源，大雩帝，用盛乐。乃命百县，雩祀百辟卿士有益于民者，以祈谷实"。这就是要地方官主持雩祭求雨，不但要祭上天，还要祭造福地方的先贤。多烧香，多磕头，总没有错。下雨不下雨，究竟归谁管，实在说不清楚。桃园县农民请雨，祭的是"保生大帝"，我不晓得他是何方神圣，大概是一位保境安民的地方神吧。不知他是能直接命令雷公电母兴云作雨，还是要转呈层峰上达天庭做最后的核夺。

无论如何，桃园县这两乡的官民人等实在很聪明，在"出祈"之前，先在一条溪里做赤手摸鱼的测验，测验一下天公到底肯不肯下雨。测得相当把握之后，再三步一拜五步一跪地往返祈雨。"杀头的生意有人做，亏本的生意没人做"，若无相当把握，谁肯冒冒失失地就跪拜起来？那岂不是成了亏本生意？不过他们百密一疏，他们似乎没想到摸鱼测验的方法未必可靠。摸到鱼，还是不下雨，怎么办？三步一拜，五步一跪，往返八公里，耗时六小时，这种自虐性的运动不简单。不信，你试试看。人不到情急，谁愿出此下策？这是苦肉计，希望以虔诚的表示来感动上苍。

天旱，又好像不是有好生之德的上天的意思。《诗·大雅·云汉》："旱魃为虐。"疏："神异经云，南方有人，长二三尺，袒身，而目在顶上，走行如风，名曰魃，所见之国大旱，赤地千里。一名旱母。"旱神简直是个小妖精。目在顶上，所以目中无人。顶上三尺有青天，所以他也许还知道畏上天。所以我们求雨来对付他。

唐·段成式《酉阳杂俎》："太原郡东有崖山。天旱士人常绕此山以求雨。俗传，崖山神婆河伯女，故河伯见火，必降雨救之。"绕山求雨是合于"祈祀山川百源"的古礼，但河伯是水神，不知何时和崖山神扯上一门亲事，遂能腾云致雨？天神好像也会徇私。

《春秋左传·僖公二十一年》："夏大旱，公欲焚巫尪，臧文仲曰：'非旱备也。修城郭，贬食，省用，务穑，劝分，此其务也。巫尪何为？'"女巫据说能兴妖作怪，呼风唤雨，当然也能制造大旱，所以僖公要烧死她。这使我们联想到两千二百多年后的一五八九年，苏格兰王哲姆斯一世之为了海上遇风而大捕巫婆的一幕。鲁大夫臧文仲说的话颇近于我们所谓兴水利筑水库的一套办法，两千六百多年前我们就有明白人。

神也有时候吃硬不吃软。只有红萝卜而不用棍子是不行的。我记得从前有人求雨，久而无效，乡人就把城隍爷的神像搬出来，褫其衣冠，抬着他在骄阳之下游街，让他自己也尝尝久旱不雨的滋味。据说若是仍然无效，辄鞭其股以为惩。软硬兼施之后，很可能就有雨。

说老实话，久旱之后必定会有雨，久雨之后也必定会天晴。这是自然之道，与求不求没有关系。如今我们有人造雨，虽然功效很有限，可是我们知道水利，可使大旱不致成为大灾。现在沙漠里也可以种菜了。于今之世，而仍三步一拜五步一跪地去求雨，令人不无时代错误之感。可是我们也不能以愚民迷信而一笔抹杀之，因为据报载，桃园求雨之役有"立法委员×××及准备竞选立委的政大副教授×××师大教授×××等，昨天也都到场跪拜求雨"。这几位无论如何不能列为愚民一类。他们双膝落地，所为何来？

鞵

"古曰屦，汉以后曰履，今曰鞵。"这是清朱骏声《说文通训定声》的说法。鞵就是鞋。屦是麻做的，但是革做的也称为屦。屦履似不可分。倒是屐为另一种东西，主要是木制的。《急就篇》颜师古注："屐者以木为之而施两齿，可以践泥。"我初来台湾在菜市场看到有些卖鱼郎足登木屐，下面有高高的两齿，棕绳系在脚背上面，走起来摇摇晃晃像踩跷一般。这种木屐颇为近于古法。较常见的木板鞋，恐怕是近代的东西。看到屐，想起古人的几桩韵事。

晋人阮孚是一时名士，因金貂换酒而被弹的就是他。他对于木屐有特殊的嗜好，常自吹火蜡屐，自言自语地叹口气说："未知一生当着几量屐。"几量屐就是几双屐。人各有所嗜，玩鞋固亦不失为雅人深致。玩得彻底，就不免自行吹火蜡之。而且他悟到一生穿不了几双，大有无常迅速之感。

淝水之战大捷的时候，谢安得报，故作镇定，其实心中兴奋逾恒，过户限，不觉屐齿之折。平日端居户内，和人弈棋，也是穿着木屐的。他的木屐折齿，不知道他跌倒没有。

谢灵运好山水，登陟亦常着木屐。木屐硬邦邦的、滑溜溜的，如何可以着了登山？他有妙法。"上山则去其前齿，下则去其后齿"，号称为"山屐"。亏他想得出这样适应地形使脚底保持平衡的办法。不过上山下山一次，前后齿都报销了，回到平地上不变成拖板鞋了吗？数十年前，我在北平公园一座小丘之下，看到二三东瀛女郎，着彩色斑斓的和服，如花蝴蝶，而足穿的是大趾与二趾分开的白布袜，拖着厚底的木屐，在山坡上进退不得，互相牵曳，勉强横行而降，狼狈不可名状。着木屐游山，自讨苦吃。

陆游《老学庵笔记》："妇人鞵，底前尖后圆，圆端钉以木质板，高寸许，行时格格有声，且摇曳有致。"这绝似我们现代所谓的高跟鞋了。后跟高寸许，还是很保守的，我们半个多世纪前就见三寸或三寸以上的高跟，如今有高至五寸者，行时不但摇曳有致，而且走起来几乎需要东扶一把西挽一下。高跟也有好多变化，有细如天鹅颈者，略弯曲而内倾，有略粗如荷梗而底端作喇叭形者，有直上直下尖如立锥者，能于地板上留下蜂窝似的痕迹，也有比较短短粗粗作四方形者，听说还有鞋跟透明里面装上小电灯者，我尚不曾见过。女鞋花样多：鞋口上可以镶一道红的或绿的边，鞋面上可以缀一朵花形的饰物，鞋帮上可以镂刻无数的小孔，可以七棱八瓣地用碎皮拼凑，也可以一半红一半黑合并成一只像是"阴阳割昏晓"的样子。变来变去，无可再变，于是有人别出心裁，把整个鞋底加厚，取消独立的后跟，远望过去像是无桥孔的土桥半座，无复玲珑之态。更有出奇制胜者，索性空前绝后，前面露出蒜瓣似的脚趾，后面暴露皲皮的脚踵，穿起来根本不发生"纳履而踵决"的问题。女鞋一度流行前端溜尖，状如旗鱼之上颚，有人称之为"踢死牛"。俄而时髦变更，前端方头隆起。制鞋的人似是坚持削足适履的原则，不是把人的脚箍得像一只菱角，就是把脚包得像一只粽子。若干年前我曾看见不惯于穿皮鞋的姑娘们逛动物园，手提金镂鞋，赤脚下山坡，俨然成为当地一景。现在这种情形不复多见，大家的脚大概都已就范了。

男鞋比较简单。虽然现在人人西装革履，想起从前北方人穿的礼服呢千层底便鞋，仍然神往。这种鞋，家家户户自己都会做，当然店铺里做得更精致。其妙在轻而软，穿不了几天，鞋形就变成脚形，本来不分左右的也自然分了左右。唯一的短处是见不得水，不能像革履、木屐那样地蹚水践泥。去年腊八，有朋友赠我一双灰鼠绒千层底的骆驼鞍大毛窝，舒暖异常，我原以为此物早已绝迹。至于从前北方入冬季常穿的"老头儿乐"或毡拖拉，也许可以御寒，但是那小棺材似的形状，实在不敢领教。我想最简便的鞋莫过于草鞋，在我国西南一带，许多的小学生、军人，以及滑竿夫大抵都穿草鞋，而且无分冬夏。赤足穿草鞋，据说颇为舒适，穿几天成为敝屣，弃之无足惜。高人雅士也乐此不疲，苏东坡有句："芒鞋青竹杖，自挂百钱游。"多么潇洒。游方僧参谒名山大德，师父总是叮嘱他莫浪费草鞋钱。

张可久《水仙子》："佳人微醉脱金钗，恶客佯狂饮绣鞋。"所谓鞋杯之事大概是盛行于元明之际，而且也以恶客为限。陶宗仪《辍耕录》："杨铁崖好声色，每于筵间见歌儿舞女有缠足纤小者，则脱其鞋，载盏以行酒，谓之金莲杯。"金莲杯又称双凫杯。当时以为韵事，现在想起来恶心。

同学

同学，和同乡不同。只要是同一乡里的人，便有乡谊。同学则一定要有同窗共砚的经验。在一起读书，在一起淘气，在一起挨打，才能建立起一种亲切的交情，尤其是日后回忆起来，别有一番情趣。纵不曰十年窗下，至少三五年的聚首总是有的。从前书房狭小，需要大家挤在一个窗前，窗间也许着一鸡笼，所以书房又名曰鸡窗。至于邦硬死沉的砚台，大家共用一个，自然经济合理。

自有学校以来，情形不一样了。动辄几十人一班，百多人一级，一批一批地毕业，像是蒸锅铺的馒头，一屉一屉地发售出去。他们是一个学校的毕业生，毕业的时间可能相差几十年。祖父和他的儿孙可能是同学校毕业，但是不便称为同学。彼此相差个十年八年的，在同一学校里根本没有碰过头的人，只好勉强解嘲自称为先后同学了。

小时候的同学，几十年后还能知其下落的恐怕不多。我小学同班的同学二十余人，现在记得姓名的不过四五人。其中年龄较长身材最高的一位，我永远不能忘记，他脑后半长的头发用红头绳紧密扎起的小辫子，在脑后挺然翘起，像是一根小红萝卜。他善吹喇叭，毕业后投步军统领门当兵，在"堆子"前面站岗，挂着上刺刀的步枪，满神气的。有一位满脸疙瘩噜苏，大家送他一个绰号"小炸丸子"，人缘不好，偏爱惹事，有一天犯了众怒，几个人把他抬上讲台，按住了手脚，扯开他的裤带，每个人在他裤裆里吐一口唾液！我目睹这惊人的暴行，难过很久。又有一位好奇心强，见了什么东西都喜欢动手，有一天迟到，见了老师为实验冷缩热胀的原理刚烧过的一只铁球，过去一把抓起，大叫一声，手掌烫出一片的溜浆大泡。功课最好写字最工整的一位，规行矩步，主任老师最赏识他，毕业后，于某大书店分行由学徒做到经理。再有一位由办事员做到某部局长。此外则人海茫茫，我就都不知其所终了。

有人成年之后怕看到小时候的同学，因为他可能看见过你一脖子泥、鼻涕过河往袖子上抹的那副脏相，他也许看见过你被罚站、打手板的那副窘相。他知道你最怕人知道你的乳名，不是"大和尚"就是"二秃子"，不是"栓子"就是"大柱子"，他会冷不防地在大庭广众之中猛喊你的乳名，使你脸红。不过我觉得这也没有什么不好，小时候嬉嬉闹闹，天真率直，那一段纯稚的光景已一去而不可复得，如果长大之后还能邂逅一两个总角之交，勾起童时的回忆，不也快慰生平吗？

我进了中学便住校，一住八年。同学之中有不少很要好的，友谊保持数十年不变，也有因故翻了脸掐过脖子的。大多数只是在我心中留下一个面貌謦欬的影子，我那一级同学有八九十人，经过八年时间的淘汰过滤，毕业时仅得六七十人，而我现在记得姓名的约六十人。其中有早夭的，有因为一时糊涂顺手牵羊而被开除的，也有不知什么缘故忽然辍学的，而这剩下的一批，毕业之后多年来天各一方，大概是"动如参与商"了。我一九四九年来台湾省，数同级的同学得十余人，我们还不时地杯酒言欢，恰满一桌。席间，无所不谈。谈起有一位绰号"烧饼"，因为他的头扁而圆，取其形似。在体育馆中他翻双杠不慎跌落，旁边就有人高呼："留神芝麻掉了！"烧饼早已不在，不死于抗战时，而死于抗战之后；不死于敌人之手，而死于内战之中，谈起来大家无不唏嘘。又谈起一位绰号"臭豆腐"，只因他上作文课，卷子上涂抹之处太多，东一团西一块的尽是墨猪，老师看了一皱眉头说："你写的是什么字，漆黑一块块的，像臭豆腐似的！"（北方的臭豆腐是黑色的，方方的小块）哄堂大笑，于是臭豆腐的绰号不胫而走。如今大家都做了祖父，这样的称呼不雅，同人公议，摘除其中的一个臭字，简称他为豆腐，直到如今。还有一位绰号叫"火车头"，因为他性偏急，出语如连珠炮，气咻咻，唾沫飞溅，做事横冲直撞，勇猛向前，所以赢得这样的一个绰号，抗战期间不幸死于日寇之手。我们在台的十几个同学，轮流做东，宴会了十几次，以后便一个个地凋谢，溃不成军，凑不起一桌了。

同学们一出校门，便各奔前程。因为修习的科目不同，活动的范围自异。风云际会，拖青纡紫者有之；踵武陶朱，腰缠万贯者有之；有一技之长，出人头地者有之；而坐拥皋比，以至于吃不饱饿不死者亦有之。在校的时候，品学俱佳，头角峥嵘，以后未必有成就。所谓"小时了了，大未必佳"，确是不刊之论。不过一向为人卑鄙投机取巧之辈，以后无论如何翻云覆雨，也逃不过老同学的法眼。所以有些人回避老同学唯恐不及。

杜工部漂泊西南的时候，叹老嗟贫，咏出"同学少年多不贱，五陵衣马自轻肥"的句子。那个"自"字好不令人惨然！好像是衮衮诸公衣马轻肥，就是不管他"一家都在秋风里"。其实同学少年这一段交谊不攀也罢。"衣敝缊袍，与衣狐貉者立"，纵然不以为耻，可是免不了要看人的嘴脸。

我的暑假是怎样过的

　　儿时英文作文教师喜欢出的作文题目之一，便是"我的暑假是怎样过的"。记得当时抓耳挠腮，搜索枯肠，窘困万状，但仍不能不凑出几百字塞责交卷。小孩子的暑假还有什么新鲜的过法？总不外吃喝玩乐。要撰文记述，自不免觉得枯涩乏味。现在我年近五十，仍操粉笔生涯，躬逢抗战胜利，今年暑假是怎样过去的，颇觉得有一点迷迷糊糊。眼看着就要开学，于是自动地给自己出下这样一个题目，择记几件小事，都平凡琐屑无比，并不惊人，总算给我的暑假做一结束。

　　暑假伊始，我本来是立有大志的，其规模虽然比不上什么三年计划五年计划之类，却也条张目举，要克期计功。现在加以清算，我的暑假作业怕是不能及格了。

　　推其原因，当然照例是"环境不良，心绪恶劣"八个字。其实环境也不算太不良，虽然每天清晨飞机一群擦着房檐过去，有时郊外隐闻炮声，还有时要颁布戒严令，但是究竟从来没有炮弹碎片落在自己头上，这环境也可以算得是很安谧了。心绪确是近于恶劣，但也是自找，既无疾病缠绵，亦无断炊情事，如果稍微相信一点唯物论，大可以思想前进，绝无苦闷。可惜的是，自己隐隐然还有一颗心，外界的波澜不能不掀动内心的荡漾，极小的一件事也可以使人终日寡欢，所以工作成绩也就微小得不值一提了。

一放暑假，一群孩子背着铺盖卷回家，这是一厄！一家团聚，应该是一种享受天伦之乐的机会，但是凭空忽来壮丁就食，家庭收支立刻发现赤字，难以弥补。而赡养义务又是义不容辞的。这是颇费周章的一件事。可恨的是，孩子们既无杨妹①的技能，又无颜回的操守，粗茶淡饭之后，一个个地唉声叹气，嚷着"嘴里要淡出鸟儿来"！在我这一方面，生活也大受干扰，好像是有一群流亡学生侵入住宅，吃起东西来像一队蝗虫，谈天说笑像是一塘青蛙，出出进进，熙熙攘攘，清早起来马桶永远有人占着座儿，衣服、袜子、书籍、纸笔狼藉满屋，好像是才遭洗劫，一张报纸揉得稀烂，彼此之间有时还要制造摩擦。饶这样，还不敢盼着暑假早日结束，暑假一终止，另一灾难到来，学杂膳宿，共二十七袋面！

还有一桩年年暑期里逃不脱的罪过。学校要招生。招生要

---

① 又称杨妹子，原名杨娃，南宋会稽人。宋宁宗恭圣皇后之妹，以艺文技能供奉内庭。

监考，监考也不要紧，顶多是考生打翻墨水的时候你站远点，免得溅一腿；考生问"抄题不抄题"的时候使你恶心一下。考完要看卷子，看卷子也不要紧，捏着鼻子看，总有看完的一天，离奇的答案有时使人笑得肚子疼，离奇的试题有时使人不好意思笑出声来，都还有趣。最伤脑筋的是招生之际，总有几位亲友手提着两罐茶叶、一筐水果登门拜访，扭扭捏捏地说孩子要考您那个大学您那个系，求您多多关照。好像那个学房铺是我开的似的！如果我开诚布公地对他说，我实在心有余而力不足，题目不是一个人出，卷子不是一个人看，其间还有密封暗码，最后还要开会公决，要想舞一点弊是几乎不可能的，这套话算是白说，他死也不信。"大家都是中国人，打什么官腔？""你这是推脱，干脆说不管好了，不够朋友！""帮人一步忙，就怕树叶儿打了脑袋？"再说就更不好听了，"谁没有儿女？谁也保不住不求人。这点小事都不肯为力，'房顶开门，六亲不认'！"如果我答应下来，榜发之时十九是名落孙山，没脸见人。这样的苦头我年年都要吃，一年一度，牢不可破，能推的推了，不能推的昧着良心答应下来，反正结果是得罪人。今年得高人指点，应付较为得宜。接受请托之际，还他一个模棱答案："您老的事我还能不尽力！您真是太见外了。不过有一句话得说在前头。令郎的成绩若是差个一星半点的，十分八分的，兄弟有个小面子，这事算包在我身上了，准保能给取上，不过，若是差得太多，公事上可交代不下去，莫怪我力不从心。"对方听了觉得入情入理，一定满意。之后，对方还照例要来一封八行书，几回电话，一再叮咛，这都不慌。等到快发榜的前夕，可要把握时机，少不得要到学校里钻营一番，如果确知考取了，赶快在榜发之前至少十分钟打一电话给他老人家："恭喜，恭喜！令郎的成绩好，倒不是小弟的力量……"他一定认为是你的力量。他相信人情、面子。如果没有考取，不怕，也在发榜之前十分钟打一电话，虽然是噩耗，而能在发榜之前就得到消息，这人情是托到家了。事后再赶快抄一张他这位世兄的成绩表，"英文零分，数学两分，国文十五分……实在没有办法，抱歉之至！"这办法不得罪人。

还有更难应付的问题，一到暑假，正是"毕业即失业"的季候，年轻小伙子总觉得教书的先生也许有点办法，于是前来登门拜谒，请求介绍职业。其实教书的先生正是因为在人事上毫无办法，所以才来教书，否则早就学优而仕了。所以每有学生一手持履历片，一手拿点什么小小的礼物之类，我一见便伤心不只从一处来，一面痛恨自己的不中用，一面惋惜来者之找错了人。

长夏无俚，难道没有一点赏心乐事？当然也有。晚饭后，瓜棚豆架，泡上一大壶酽茶，一家人分据几把破藤椅，乘凉闲话，直聊到星稀斗横、风轻露重，然后贸贸然蹚到屋里倒头便睡——这是一天里最快活的一段时间。白天就没有这样清闲，多少鸡毛蒜皮的琐碎事，多少语言无味、面目可憎的人，把你的时间切得寸断，把你的心戳成马蜂窝！你休想安心，休想放心，休想专心，更休想开心！

有人主张暑假里到一个风景优美的地方去避暑，什么北戴河、青岛，都是好地方，至不济到郊外山上租几间屋子，也可暂避尘嚣。这种主张当然是非常正确，谁也不预备反驳。北戴河、青岛如今都不景气，而且离前线也太近，殊非养生之道，远不及莫干山、庐山。我今年避暑的所在，和几十年来的一样，是在红尘万丈、火伞高张的城里，风景差一点，可是也并未中暑。

我的暑假就这样过去了，好歹把孩子们打发上学了。明年的暑假能不能这样平安度过，谁知道？

本篇原载于1948年10月1日《论语》第一六二期

狗

我初到重庆，住在一间湫隘的小室里，窗外还有三两棵肥硕的芭蕉，屋里益发显得阴森森的，每逢夜雨，凄惨欲绝。但凄凉中毕竟有些诗意，旅中得此，尚复何求？我所最感苦恼的乃是房门外的那一只狗。

我的房门外是一间穿堂，亦即房东一家老小用膳之地，餐桌底下永远卧着一条脑满肠肥的大狗。主人从来没有扫过地。每餐的残羹剩饭，骨屑稀粥，以及小儿便溺，全都在地上星罗棋布着，由那只大狗来舐得一干二净。如果有生人走进，狗便不免有所误会，以为是要和它争食，于是声色俱厉地猛扑过去。在这一家里，狗完全担负了"洒扫应对"的责任。

"君子有三畏"，狾犬其一也。我知道性命并无危险，但是每次出来进去总要经过，言语不通，思想亦异，每次都要引起摩擦，酿成冲突，日久之后真觉厌烦之至。其间曾经谋求种种对策，一度投以饵饼，期收绥靖之效，不料饵饼尚未啖完，乘我返身开锁之际，无警告地向我的腿部偷袭过来。又一度改取"进攻乃最好之防御"的方法，转取主动，见头打头，见尾打尾，虽无挫衄，然积小胜终不能成大胜，且转战之余，血脉偾张，亦大失体统。因此外出即怵回家，回到房里又不敢多饮茶。不过使我最难堪的还不是狗，而是它的主人的态度。

狗从桌底下向我扑过来的时候，如果主人在场，我心里是存着一种奢望的：我觉得狗虽然也是高等动物，脊椎动物哺乳类，然而，究竟，至少在外形上，主人和我是属于较近似的一类，我希望他给我一些援助或同情。但是我错了，主客异势，亲疏有别，主人和狗站在同一立场。我并不是说主人也帮着狗猖猖然来对付我，他们尚不至于这样的合群。我是说主人对我并不解救，看着我的狼狈而哄然噱笑，泛起一种得意之色，面带着笑容对狗嗔骂几声："小花！你昏了？连×先生你都不认识了！"骂的是狗，用的是让我所能听懂的语言。那弦外之音是："我已尽了管束之责了，你如果被狗吃掉莫要怪我。"俗语说："打狗看主人。"我觉得不看主人还好，看了主人我倒要狠狠地再打狗几棍。

后来我疏散下乡，遂脱离了这恶犬之家，听说继续住那间房的是一位军人，他也遭遇了狗的同样的待遇，也遭遇了狗的主人的同样的待遇，但是他比我有办法，他拔出枪来把狗当场格毙了。我于称快之余，想起那位主人的悲怆，又不能不赋予同情了。特别是，残茶剩饭丢在地下无人舐，主人势必躬亲洒扫，其凄凉是可想而知的。

在乡下不是没有犬厄。没有背景的野犬是容易应付的，除了菜花黄时的疯犬不计外，普通的野犬都是些不修边幅的夹尾巴的可怜的东西，就是汪汪地叫起来也是有气无力的，不像人家豢养的狗那样振振有词自成系统。有些人家在门口挂着牌示"内有恶犬"，我觉得这比门里埋伏恶犬的人家要忠厚得多。我遇见过埋伏，往往猝不及防，惊惶大呼，主人闻声搴帘而出，嫣然而笑，肃客入座。从容相告狗在最近咬伤了多少人。这是一种有效的安慰，因为我之未及于难是比较可庆幸的事了。但是我终不明白，他为什么不索性养一只虎？来一个吃一个，来两个吃一双，岂不是更为体面吗？

这道理我终于明白了。雅舍无围墙，而盗风炽，于是添置了一只狗。一日邮差贸贸然来，狗大声咆哮，邮差且战且走，蹒跚而逸，主人拊掌大笑。我顿有所悟。别人的狼狈永远是一件可笑的事，被狗所困的人是和踏在香蕉皮上面跌跤的人同样可笑。养狗的目的就要它咬人，至少作吃人状。这就是等于养鸡是为要它生蛋一样，假如一只狗像一只猫一样，整天晒太阳睡觉，客人来便咪咪叫两声，然后逡巡而去，我想不但主人惭愧，客人也要惊讶。所以狗咬客人，在主人方面认为狗是克尽厥职，表面上尽管对客抱歉，内心里是有一种愉快，觉得我的这只狗并非是挂名差事，它守在岗位上发挥了作用。所以对狗一面呵责，一面也还要嘉勉；因此脸上才泛出那一层得意之色。还有衣冠楚楚的人，狗是不大咬的，这在主人也不能不有"先获我心"之感。所可遗憾者，有些主人并不以衣裳取人，亦并不以衣裳废人，而这种道理无法通知门上，有时不免要慢待嘉宾。不过就大体论，狗的眼力总是和它的主人差不了多少。所以，有这样多的人家都养狗。

运动

  大概是李鸿章吧，在出使的时候道出英国，大受招待。有一位英国的皇族特别讨好，亲自表演网球赛，以娱嘉宾。我们的特使翎顶袍褂地坐在那里参观，看得眼花缭乱。那位皇族表演完毕，气咻咻然，汗涔涔然，跑过来问大使表演如何。特使戚然曰："好是好，只是太辛苦，为什么不雇两个人来打呢？"我觉得他答得好，他充分地代表了我们国人多少年来对于运动的一种看法。看两个人打球，是很有趣味的，如果旗鼓相当，砰一声打过来，砰一声打过去，那趣味是不下于看斗鸡、斗鹌鹑、斗蟋蟀。人多少还有一点蛮性的遗留，喜欢站在一个安逸的地方看别个斗争，看到紧急处自己手心里冷津津地捏着两把汗，在内心处感觉到一种轻松。可是自己参加表演，就犯不着累一身大汗，何苦来哉？摔跤的，比武的，那是江湖卖艺者流，士君子所不取。虽然相传自黄帝时候就有"蹴鞠"之戏，可是自汉唐以降我们还不知道谁是蹴球健将，我看了《水浒传》才知道宋朝一个"浮浪破落户子弟""高俅那厮""最是踢得好脚气球"。我们自古以来就讲究雍容揖让，纵然为了身体的健康做一点运动，也要有分寸，顶多不过像陶侃之"日运百甓"，其用意也无非是习劳，并不曾想把身体锻炼得健如黄犊。

士大夫阶级太文明了，太安逸了，固然肢体都要退化，有变成侏儒的危险，肩不能挑担，手不能提篮，有变为废物的可能，但是在另一方面，所谓的广大民众又嫌太劳苦了，营养不足，疲劳过度，吃不饱，睡不足，一个个的面如削瓜，身体畸形发展，抬轿的肩膀上头有一块红肿的肉隆起如驼峰，挑水的脚筋上累累的疙瘩如瘿木，担石头的空手走路时也佝偻着腰像是个猿人，拉车子的鸡胸驼背，种庄稼的胼手胝足，——对于这一般人，我们实在不愿意再提倡运动，我们要提倡的是生活水准的提高，然后他们可以少些运动。对于躺着吃饭坐着顿膘的朋友们，我们可以因势利导劝劝他们试行八段锦太极拳，大概不会发生什么大危险；对于天天在马路上赛跑的人力车夫们，田径赛是多余的。

外国人保留的蛮性要比我们多一些，也许是因为他们去古未远的缘故。看他们打架的方式就可以知道，一言不合，便是直接行动，看谁的胳臂力量大，不像我们之善于口角，干打雷不下雨。外国人的运动方式也多少和野蛮人的生活方式有些关联。我看过外国人赛足球，事前的准备不必提，单说比赛前夕的那个"鼓勇会"（Pep Meeting）就很吓人：在旷地燃起一堆烽火，大家围着火旋转叫嚣，熊熊的火光在每人的脸上照出一股"血丝糊拉"的狞恶相，队员被高高地举起在肩头上，像是要去做祭凶神的牺牲，只欠一阵阵冬冬的鼓，否则就很像印第安人战前的祭礼了。比赛的凶猛也不必提，只要看旁边助威的啦啦队，那真是如中疯魔生龙活虎一般。再说掷标枪，那不是和南非野人打猎一模一样的吗？打拳，那更是最直截了当的性命相扑。可是我说这些话并不含褒贬的意思。现在的外国人究竟不是野蛮人，他们很早地就在运动中建立起一套规矩，抽象的叫作运动道德。

外国学校的球队训练员是薪给最高的职位，如果他能训练出一队如狼似虎的队员在运动场上建立几次殊勋，他立刻就可以给学校收很大的招徕的功效。"所谓大学，即是一座伟大运动场附设一个小小的学院。"把运动当作一种霓虹广告，在外国已为人诟病，在中国某一些学校里仍然不失其为时髦。学校里体育功课不可少，一星期一小时，好像是纪念性质。一大群面有菜色的青年总可以挑出若干彪形大汉，供以在中国算是特殊的膳食，施以在外国不算严格的训练，自然都还相当茁壮，伸出胳臂来一连串地凸出的肉腱子，像是成串的陈皮梅似的，再饰以一身鲜明的服装，相当的壮观，可惜的是这仅仅是样品而已。这些样品能孳生出更有价值的样品——锦标、银杯。没有锦标银杯，校长室和会客室里面就太黯淡了。

　　有人说，人的筋肉、骨骼的发达是和脑筋的发达成正比例的。就整个的民族而言，也许是的，就个人分别而言，可是例外太多。在学校里谁都知道许多脑力过人的人往往长得像是一颗小蹦豆儿，好多在运动场上打破纪录的人在智力上并不常常打破纪录，除非是偶然地破留校年数的纪录。还有一层，运动和体育不同，犹之体格健壮与飞檐走壁不同。体格健壮是真正的本钱，可以令人少生病多做事，至于跳得高跑得快玩起球来"一似鳔胶黏在身上"，那当然也是一技之长，那意义不在耍坛子、举石锁、踩高跷、踏软绳之下。

　　为了四亿以上的人建筑一座运动场，不算奢侈。我参观过一座运动场，规模不算小，并且曾经用过一次，只是看台上已经长了好几尺高的青草。我当时的感想，就和我有一次看见我们的一艘军舰的铁皮上长满海藻蚌蛤时的感想一般。

爆竹

爆竹，顾名思义，是把一截竹竿放在火里使之发出爆声。《荆楚岁时记》："正月一日……鸡鸣而起，先于庭前爆竹，以辟山臊恶鬼。"山臊是什么？《神异经》云："西方山中有人焉，其长尺余，一足，性不畏人，犯之则令人寒热，名曰山臊。"这一尺多高的小怪物及其他恶鬼，真是胆小，怕听那一声爆竹！而且山臊恶鬼也蠢得很，一定要在那三元行始之日担惊受怕地挨门逐户去听那爆竹响！

由于我们的四大发明之一的火药出现，爆竹乃向前迈一大步，不用竹而改用纸，实以火药，比投竹于火的爆烨之声要响亮得多，名之曰爆仗，可能是竹与仗的一声之转。爆仗便于取携施放，其用途乃大为推广，时至今日，除了一声除旧之外，任何季节大典或细端小故皆可随时随地试爆，法所不禁。娶媳妇当然要放，出殡发丧也要放，店铺开张要放，服役入营也要放，竞选游街要放，赔礼遮羞也要放，破土上梁要放，小孩打球赢了也要放……而且放的不是单个的小小的爆仗，是千头百子的旺鞭，震地价响！响声起后，万众欢腾，也许有高卧未起的人，或胆比山膜还小的人，或耳鼓膜不大健全的人，会暗地里发出一声诅咒，但被那鞭声掩了，没有人听得见。一串鞭照例是殿以一声巨响，表示告一段落，窄街小巷之间，往往硝烟密布，等着微风把它吹散，同时邻人、路人当然也不免每人帮忙吸取几口，最多是呛得咳嗽一阵。爆仗壳早已粉身碎骨狼藉满地，难得有人肯不辞劳苦打扫一番，时常是风吹雨淋，一部分转入沟壑，以为异日下水道阻塞之一助。

记得儿歌有云："新年来到，糖瓜祭灶，姑娘要花，小子要炮，老头子要买新毡帽，老婆子要吃大花糕。""小子要炮"，就是要放爆竹。予小子就从来没有玩过炮。"大麻雷子"的轰然巨响能吓死人，我固不敢动它，即使最小的"滴滴金儿"最多嗤的一声，我也不敢碰，要我拿着一根点着了的香去放，我也手颤。院子中间由别人放一两只"太平花"，我在一旁观看，那火树银花未尝不可一顾，但是北地苦寒，要我久立冻得发抖，我就敬谢不敏了。稍长，在学校里每逢国庆必放烟火，大家都集在操场里。先是一阵"炮打灯""二踢脚子"，最后大轴子戏是放"盒子"。盒子高高地在木架上悬起，点放之后，一层层地翻开挂落下来，无非是一些通俗故事，辉煌灿烂，蔚为奇观，最后，照例的是"中华民族万岁"几个大字，在熊熊的火焰之中燃烧着。这时候大家一起鼓掌欢呼，礼成，退。

我家世居北平，未能免俗，零售爆竹的地方是在各茶叶铺里，通常是在店内临时设立摊子贩卖，营业所得是伙计们过年的外快。我家里的爆竹，例由先君统筹统办，不假孩子们之手。年关将届之时，家君就到琉璃厂九隆号去采办。九隆号是北平最老的爆竹制造厂，店主郑七嫂和我还有一点亲戚的关系，我应称为舅妈。九隆在琉璃厂西头路北，小小的门面一间，可是生意做得很大，一本万利，半年没有生意，全家动员制作爆竹，干了存着，年终发售。家君采办的货色，相当齐全，我印象较深的是"飞天七响""炮打襄阳"，尤其是"炮打襄阳"，呼然一声，火弹飞升，继之以无数小灯纷纷腾射，状至美观，而且还有一点历史的意义。以黑色火药及石弹为炮，始自元人，攻打襄阳时即是使用此一利器。观赏"炮打襄阳"时，就想到我们发明火药虽非停留在儿童玩具阶段，实际上亦使用于战争，唯以后未能进步而已。几小时所见爆竹烟火花色甚多，唯"旗火"则不准进我家门，因为容易引起火灾。我如今看到爆竹，望望然去之，我觉得爆竹远不如新毡帽之重要。若是在街上行走，有顽童从暗处抛掷一枚爆竹到我脚下，像定时炸弹似的爆发，我在心里扑扑跳之际也会报以微笑，怜悯他没有较好的家教与玩具。

辑 二

意趣

今我不乐 岁月如驰

人生不过一段来了又走的旅程，有喜有悲才是人生，有苦有甜才是生活，好好地快乐度日，并从中发现生活的诗意。

花钱与受气

一个人就不应该有钱，有了钱就不应该花；如其你既有钱，而又要花，那么你就要受气。这是天演公理，不足为奇。

从前我没出息的时候，喜欢自己上街买东西。这已经很是不知自量了，还要捡门面大一点的店铺去买东西。铺户的门面一大，窗户上的玻璃也大，铺子里面服务的先生们的脾气，也跟着就大。我走进这种店铺里面，看看什么都是大的，心里便觉战栗，好像自己显得十分渺小了。处在这种环境压迫之下，往往忘了自己是买什么东西来的。后来脸皮居然练厚了一点儿，到大商店里去我居然还能站得稳，虽然心里面有时还不能不跳。但是叫我向柜台里的先生张口买东西，仍然诚惶诚恐。第一，我总觉得我要买的东西太少，恐怕不足以上渎清听，本想买二两瓜子，时常就临机应变，看看柜台里先生的脸色不对，马上就改作半斤，紧张的局势赖此可以稍微缓和一点儿。东西的好坏，是否合意，我从来不挑剔，因为我是来求人赏点东西，怎敢挑三换四地招人讨嫌！假如店里的先生忙，我等一些是不妨事的，今天买不到，明天再来，横竖店铺一时关闭不了。假如为忙着买东西把店伙累坏了呢，人家也是爹娘养的，怎肯与我干休？所以我到大商店去买东西，因为我措辞失体礼貌欠周以致使商店伙计生点气，那是有的，大的乱子可没有闹过。

后来我的脑筋成熟了一些，思想也聪明了一些，有时候便到小铺子去买东西，然而也不容易。小店铺的伙计倒是肯谦恭下士，我们站在他们面前，有时也敢于抬起头来。可是他们喜欢跟你从容论价。"脸皮欠厚"的人时常就在他们的一阵笑声里吓得跑了。我要买一张桌子，并且在说话的声音里表示出诚恳的意思，他说要五十块钱，我不敢回半句话。不成，非还价不能走出来。我仗着胆子说给十块。好，你听吧，他嘴里念念有词，他鼻里哼哼有声，你再瞧他那副尊容，满脸会罩着一层黑雾，这全是我那十块钱招出来的。假如我的气血足，一时能敢得住，只消迈出大门一步，他会把你请回去，说："卖给你喽！"于是乎，你的钱也花了，气也受了，而桌子也买了。

此外如车站、邮局、银行等等公众的地方，也正是我们年轻人练习涵养的地方。你看那铁槛杆里的那一张脸，你要是抱着小孩子，最好离远一些，留神吓坏了孩子。我每次走到铁槛窗口，虽然总是送钱去，总觉得我好像是向他们要借债似的。

每一次做完交易，铁槛里面的脸是灰的，铁槛外面的脸是红的！铁槛外面的唾沫往里面溅，铁槛里面的冷气往外面喷！

受气不必花钱，花钱则一定要受气。

时间观念

　　凡是大国的国民，做起事来，总要带些雍容闲适的态度，尤其是我们中国人，据说已经有了好几千年的历史，所以对于时间观念，不必一定要怎样十分的准确。

　　张先生今天晚上六点请你吃饭，他的意思是说，你八点再去，并不算迟。头脑稍微简单一些的，就许误会，误会张先生所谓六点即是六点。你也许自己估量着寿命有限，把时间看得认真一点，但是你不可不替别人打算，张先生也许还有两圈麻雀没有打完，李大人也许是正在衙门抽烟，王小姐也许还没倒干那瓶香水。你糊里糊涂地准时报到，那叫作热心过度。

　　自己把时间观念看得认真，这是傻瓜；希望别人心里也存有时间观念，那是双料傻瓜。所以向店铺购东西，你总不可希望限期交货，至少要预料出几桩意外的事，例如店铺老板忽然气绝，或是店伙突然中风，诸如此类的意外，都足以使他拖期。而这种意外的事，你一定要放在意中。

无论什么事，都要慢慢地做。与人要约，延误一小时两小时，一天两天，都是小意思。我们五千年来的历史就是这样过来的！

升官图

赵瓯北《咳馀丛考》有这样一段：

> 世俗局戏，有升官图，开列大小官位于纸上，以明琼掷之，计点数之多寡，以定升降。按房千里有骰子选格序云："以穴骰双双为戏，更投局上，以数多少为进身职官之差，丰贵而约贱，有为尉掾而止者，有贵为将相者，有连得美名而后不振者，有始甚微而倏然于上位者。大凡得失不系贤不肖，但卜其偶不偶耳。"此即升官图之所由本也。

这使我忆起儿时游戏的升官图，不过方法略有不同。门口打糖锣儿的就卖升官图，一张粗糙亮光的白纸，上面印满了由白丁、秀才、举人、进士以至太师、太傅、太保的各种官阶。玩的时候，三五人均可，围着升官图，不用"明琼"（骰子之别称），用一个木质的方形而尖端的"捻捻转儿"，这捻捻转儿上面有四个字"德""才""功""赃"，一个字写在一面上，用手指用力一捻，就像陀螺似的旋转起来，倒下去之后看哪一个字在上面，德、才、功都有升迁，赃则贬抑。有时候学优则仕，青云直上，春风得意，加官晋爵。有时候宦情惨淡，官程蹭蹬，可能"事官千日，失在一朝"，爬得高跌得重，虽贵为台辅，位至封疆，禁不住几个"赃"字，一连几个倒栽葱，官爵尽削，还为庶人。一个铜板就可以买一张升官图，可以玩个好半天。

民国建始，万象更新，不知哪一位现代主义者动脑筋到升官图上，给它换了新装，秀才、举人、进士换了小学生、中学生、大学生，尚书换了部长，巡抚换了督军，而最高当局为总统、副总统、国务总理。官名虽然改变，升官的道理与升官的途径则一仍旧贯，所以我们玩起来并不觉得有什么异样，而且反觉得有更多的真实之感，纵然是游戏，亦未与现实脱节。

我曾想，儿童玩具有两样东西要不得，一个是各型各式的扑满，一个是升官图。扑满教人储蓄，储蓄是良好习惯，不过这习惯是不是应该在孩提时代就开始，似不无疑问。"饥荒心理"以后有的是培养的机会。长大成人之后，把一串串钱挂在肋骨上的比比皆是。升官图好像是鼓励人"立志做大官"，也似乎不是很妥当的事。可是我现在不这样想了，尤其是升官图，是颇合现实的一种游戏，在无可奈何的环境中不失为利多弊少的玩意儿。

有人说："宦味同鸡肋痊。"这语未免矫情。凡是食之无味的东西，弃之均不可惜。被人誉为"三绝诗书画，一官归去来"的那位先生就弃官如敝屣。俗语说："一代为官，三辈子搬砖。"这话也未免过于偏激。自古以来，官清毡冷的事也是常有的。例如周紫芝《竹坡诗话》有一段记载："李京兆诸父中有一人，极廉介。一日有家问，即令灭官烛，取私烛阅书。阅毕，命秉官烛如初。"像这样的硁硁自守的人，他的子孙会跪在当街用砖头搋胸口吗？所以，官，无论如何，是可以成为一种清白的高尚职业，要在人好自为之耳，升官图可能鼓舞人们的做官的兴趣，有何不可？

升官图也可以说是有益世道人心，因为它指出了官场升黜的常轨。要升官，没有旁门左道，必须经由德行、才能、事功三方面的优良表现，而且一贪赃必定移付惩戒，赏罚分明，毫无宽假，这就叫作官常。升官图只是谨守官常，此外并无其他苞苴之类的捷径可寻。假如官场像升官图一样简单，那就真是太平盛世了。升官之阶，首重在德，而才功次之，尤有深意。《宋史》记寇准与丁谓的一段故事："初丁谓出准门，至参政，事准甚谨。尝会食中书，羹污准须，谓起徐拂之。准笑曰：'参政国之大臣，乃为官长拂须耶？'谓甚愧之。"为官长拂须，与贪赃不同，并不犯法，但是究竟有伤品德。恐怕官场现形有甚于为官长拂须者。在升官图上贵为太师之后再捻到德字，便是"荣归"，即荣誉退休之意，这也是很好的下场。否则这一场游戏没完没散，人生七十才开始，岂不把人急煞！

不知道现在有没有新的更合时代潮流的升官图？

好容易过了端午节

好容易过了端午节！我昨天一天以内，因为受了精神上的压迫，头部和背部流出来的汗，聚在一起，恐怕要在一加仑以上。为什么要在端午节那天出这些汗呢？这就一言难尽了，容我分作许多言来说罢。

过端午节，吃粽子，喝雄黄酒，悬菖蒲，这些事都很足以令人乐观，做起来也无需出汗。但是除此以外，还有一件极重大的事，先生小姐们，这件事在你们也许不大理会，但是在我就是一件性命交关的事，这件事便是还账！柴、米，两项大宗的账，不能不还的。但是店铺也真太不原谅人，还账只准用钱还，而我所缺乏的只是钱。

一清早，叩门声甚急。我战战兢兢地开了门，只见一位着短衣的人，手里拿着一张纸条，问我："这里是姓王吗？"我登时面无人色，吞吞吐吐地从喉咙深处哼出一声："是的！"我伸手把纸条接过来，心里想着也不必看了，一定是来要钱的。我懒洋洋地走上楼，小孩子上学似的，一步一步地挨着走，心里真有一点悲哀。前天到当铺里当得五块钱，这一笔账还可以付，第二笔便无法付了。我把钱拿在手里，低头一看账单，咦！哪里是一张账单，上面分明写着："王兄：兹送上枇杷一筐，诸希哂纳是幸。弟李思缘拜。"原来李先生送节礼来了。我笑了。

"喂，你把那筐枇杷拿进来吧……这是给你的酒力钱……回去谢谢李先生啊！……"

那个人笑嘻嘻的，我也笑嘻嘻的。那个人看了我一眼，我可是没有敢望他。他走了。我也上了楼，把那五块宝贝钱重新收起，把一颗枇杷塞进口内。

嗒！嗒！嗒！又有人叫门了。我自己明白，这一回恐怕逃不过去。我怕吓破了胆子，力求我的太太下楼去开门，她倒胆大，把门开了，只见挤进了半个戴绿帽穿绿衣的人。因为我的太太只开了半尺来宽的门缝，所以只挤进了半个人，还有半个在门外。"你有什么事？"

那半个人说："我来拜节。"

一角钱从我的太太的衣袋里走了出去，那半个人从大门缝退了出去。

平平安安地又过了半点钟。忽地又有人叫门了！大门开处只见又有半个戴绿帽穿绿衣的人挤了进来。他说他也是来拜节的。我心里猜想，一定是方才没有挤进来的那半个人。经我严肃质问之后，才知道他是送快信的，与方才来的那半个人不是一回事。于是乎我又付了一角钱的拜节账。

我的太太曰："讨账的虽尚未来，而拜节的则纷至不已，呜呼，此地岂可久居？"

我曰："然则走乎？"

我们走了。走到一个顶远的地方，走出了许多的时候，天黑了，我们回来，娘姨表示热烈的欢迎，她说："啊哟哟！柴店和米店的伙计自从你们走后就来了，守候了一天，饿不过才走的……"

我就这样战胜了端午节。

喜筵

清梁晋竹《两般秋雨庵随笔》有这样一段：

> 湖南麻阳县，某镇，凡红白事，戚友不送套礼，只送份金，始于一钱而极于七钱，盖一阳之数也。主人必设宴相待，一钱者食一菜，三钱者三菜，五钱者遍毂，七钱者加簋。故宾客虽一时满堂，少选，一菜进，则堂隅有人击小钲而高唱曰："一钱之客请退！"于是纷然而散者若干人。三菜进，则又唱："三钱之客请退！"于是纷然而散者又若干人。五钱以上不击，而客已寥寥矣。

我初看几乎不敢相信有此等事。"夫礼，禁乱之所由生。"所以我们礼仪之邦最重礼防。"名位不同，礼亦异数。"所以礼数亦不能人人平等。但是麻阳县某镇安排喜筵的方式，纵然秩序井然，公平交易，那一钱、三钱之客奉命退席，究竟脸上无光，心中难免惭恶，就是五钱、七钱之客，怕也未必觉得坦然。乡曲陋俗，不足为训。我后来遇到一位朋友，他来自江苏江阴乡下，据他说他的家乡之治喜筵亦大致如此，不过略有改良。喜筵备齐之后，司仪高声喊叫："一元的客人入席！"一批人纷纷就座，本来菜数简单，一时风卷残云，鼓腹而退。随后布置停当，二元的客人大摇大摆地应声入席。最后是三元、四元的客人入座，那就是贵宾了。这分批入座的办法，比分别退席的办法要稍体面一些。

我小时候在北平也见过不少大张喜筵的局面。喜庆丧事往来，家家都有个礼簿。投桃报李，自有往例可循。簿上未列记录者，彼此根本不需理会。礼簿上分别注明，"过堂客"与"不过堂客"，堂客即是女眷之谓。所以永远不会有出人意料的阃第光临之事发生。送礼大概不外份金与席票二种。所谓席票，即是饭庄的礼券，最少两元，最多六元、八元不等。这种礼券当然可以随时兑取筵席，不过大部分的人都是把它收藏起来，将来转送出去。有时候送来送去，饭庄或者早已歇业。有时候持票兑取筵席，业者会报以白眼。北平的餐馆业分两种，一种是饭馆，大小不一，口味各异，乃普通饮宴之处；一种是饭庄，比较大亦比较旧，一律是山东菜，例如福寿堂、庆寿堂、天福堂等等，通常是称堂，有宽大的院落，甚至还有戏台。办红白事的人家可以借用其地，如果自己家里宽绰，也可令饭庄外会承办酒席。那时候用的是八仙桌，二人条凳，一桌坐六个人，因为有一面是敞着的，为的是便利主人敬酒、堂倌上菜。有时人多座少，也可以临时添个条凳打横。男女分座，男的那边固然是杯盘狼藉叫嚣震天，女的那边也不示弱，另有一番热闹。席上的菜数不外是四干、四鲜、四冷荤、四盘、四碗、四大件。大量生产的酒席，按说没有细活，一定偷工减料，但是不，上等饭庄的师傅们驾轻就熟，老于此道，普普通通的烩虾仁、溜鱼片、南煎丸子、烩两鸡丝……做得有滋有味，无懈可击。四大件一上桌，趴烂肘子、黄焖鸭子之类，可以把每个人都喂得嘴角流油。堂客就席，比较斯文，虽然她的颔下照例都挂上一块精致美观的围巾，像小儿的涎布一样，好像来者不善的样子，其实都很彬彬有礼。只是每位堂客身后照例有一位健仆，三河县的老妈儿，各个见多识广，眼明手快。主人敬酒之后，客人不动声色，老妈儿立刻采取行动，四干四鲜登时就如放抢一般抓进预备好的口袋，手法利落，疾如鹰隼。那时尚无塑胶袋之类，否则连汤连水的东西一齐可以纳入怀内。这一阵骚动之后，正菜上桌，老妈各为其主，代为夹菜，每人面前碟子乱七八糟地堆成一个小丘，同时还有多礼的客人相互布菜。趴烂肘子、黄焖鸭之类的大块文章，上桌亮相几秒钟就会被堂倌撤下，扬言代客拆碎，其实是换上一盘碎拼的剩菜充数，这是主人与饭庄预先约定的一着。如果运气好，一盘原装大菜可以亮相好几次。假如客人恶作剧，不容分说，对准了鸭子、肘子就是一筷子，主人也没有办法，只好暗道苦也苦也。

如今办喜事的又是一番气象。喜帖满天飞，按照职员录、同学录照抄不误，所以喜筵动辄二三十桌。我常看见客人站在收礼台前从荷包里抽出一叠钞票，一五一十地数着，往台上一丢，心安理得地进去吃喜酒了，连红封包裹的一层手续也省却了。好简便的一场交易。

前面正中有一桌，铺着一块红桌布，大家最好躲远一些。礼成之后，观众入席，事实上大批观众早已入席，有的是熟人旧识呼朋引类霸占一方，有的是各色人等杂拼硬凑。那红桌布是为新郎新娘而设，高据首座，家长与证婚人等则末座相陪。长幼尊卑之序此时无效。新娘是不吃东西的，象征性地进食亦偶尔一见。她不久就要离座，到后台去换行头，忽而红妆，遍体锦绣，忽而绿袄，浑身亮片，足折腾一气，一鼓作气，再而衰，三而竭，换上三套衣服之后来源竭矣。客人忙着吃喝，难得有人肯停下箸子瞥她一眼。那几套衣服恐怕此生此世永远不会再见天日。时装展览之后，新娘新郎又忙着逐桌敬酒，酒壶里也许装的是茶，没有人问，绕场一匝，虚应故事。可是这时节，客人有机会仔细瞻仰新人的风采，新娘的脸上敷了多厚的一层粉，眼窝涂得是否像是黑煤球，大家心里有数了。这时候，喜筵已近尾声，尽管鱼虾之类已接近败坏的程度，每桌上总有几位嗅觉不大灵敏而又有不择食的美德。只要不集体中毒，喜筵就算是十分顺利了。

圆桌与筷子

我听人说起一个笑话，一个中国人向外国人夸说中国的伟大，圆餐桌的直径可以大到几乎一丈开外。外国人说："那么你们的筷子有多长呢？""六七尺长。""那样长的筷子，如何能夹起菜来送到自己嘴里呢？""我们最重礼让，是用筷子夹菜给坐在对面的人吃。"

大圆桌我是看见过的，不是加盖上去的圆桌面，是订制的大型圆餐桌，周遭至少可以坐二十四个人，宽宽绰绰的一点也不挤，绝无"菜碗常需头上过，酒壶频向耳边洒"的现象。桌面上有个大转盘（英语名为"懒苏珊"），转盘自动旋转的装置，主人按钮就会不疾不徐地转。转盘上每菜两大盘，客人不需等待旋转一周即可伸手取食。这样大的圆桌有一个缺点，除了左右邻座之外，彼此相隔甚远，不便攀谈，但是这缺点也许正是优点，不必没话找话，大可埋头猛吃，作食不语状。

我们的传统餐桌本是方的，所谓八仙桌，往日喜庆宴都是用方桌，通常一席六个座位，有时下手添个长凳打横，只有在特殊情形下才加上一个圆桌面。炕上餐桌也是方的。方桌折角打开变成圆桌（英语所谓"信封桌"），好像是比较晚近的事了。

许多人团聚在一起吃饭，尤其是讲究吃的东西要烫嘴热，当然以圆桌为宜，把食物放在桌中央，由中央到圆周的半径是一样长，各人伸箸取食，有如辐辏于毂。因为圆桌可能嫌大，现在几乎凡是圆桌必有转盘，可恼的是直眉瞪眼的餐厅侍者多半是把菜盘往转盘中央一丢，并不放在转盘的边缘上，然后掉头而去，转盘等于虚设。

西方也不是没有圆桌。亚瑟王的圆桌骑士是赫赫有名的，那圆桌据说当初可以容一百五十名骑士就坐，真不懂那样大的圆桌能放在什么地方，也许是里三层外三层围绕着吧？近代外交坛坫之上常有所谓圆桌会议，也许是微带椭圆之形，其用意在于宾主座位不分上下。这都不能和我们中国的圆桌相提并论，我们的圆桌是普遍应用的，家庭聚餐时，祖孙三代团团坐，有说有笑，融融泄泄；友朋宴饮时，敬酒、豁拳、打通关都方便。吃火锅，更非圆桌不可。

筷子是我们的一大发明。原始人吃东西用手抓，比不会用手抓的禽兽已经进步很多，而两根筷子则等于是手指的伸展，比猿猴使用树枝拨东西又进一步。筷子运用起来可以灵活无比，能夹、能戳、能撮、能挑、能扒、能掰、能剥，凡是手指能做的动作，筷子都能。没人知道筷子是何时何人发明的。如果《史记》所载不虚，"纣为象箸而箕子唏"，纣王使用象牙筷子而箕子忍气吞声地叹气，象牙筷子的历史可说是很久远了。箸原是莢，竹子做的筷子；又做梜，木头做的筷子。象牙筷子并没有什么好，怕烫，容易变色。假象牙筷子颜色不对，没有纹理，更容易变色，而且在吃香酥鸭的时候，拉扯用力稍猛就会咔嚓一声断为两截。倒是竹筷子最好，湘妃竹固然好，普通竹也不错，糅油漆固然好，本色尤佳。做祖父母的往往喜欢使用银箸，通常是短短细细的，怕分量过重，这只为了表示其地位之尊崇。金箸我尚未见过，恐怕未必中用。箸之长短不等，湖南的筷子特长，盘子也特大，但是没有长到烤肉的筷子那样。

西方人学习用筷子那副笨相可笑，可是我们幼时开始用筷子的时候，又何尝不是像狗熊耍扁担？稍长，我们使筷子的伎俩都精了——都太精了。相传少林绝技之一是举箸能夹住迎面飞来的弹丸，据说是先从用筷子捕捉苍蝇练成的一种功夫。一般人当然没有这种本领，可是在餐桌之上我们也常有机会看到某些人使用筷子的一些招数。一盘菜上桌，有人挥动筷子如舞长矛，如野火烧天横扫全境，有人胆大心细彻底翻腾如拨草寻蛇，更有人在汤菜碗里拣起一块肉，掂掂之后又放下了，再拣一块再掂掂再放下，最后才选得比较中意的一块，夹起来送进血盆大口之后，还要把筷子横在嘴里吮一下，于是有人在心里嘀咕：这样做岂不是把你的口水都污染了食物，岂不是让大家都于无意中吃了你的口水？

其实口水未必脏。我们自己吃东西都是伴着口水吃下去的，不吃东西的时候也常咽口水的。不过那是自己的口水，不嫌脏。别人的口水也未必脏。我不相信谁在热恋中没有大口大口咽过难分彼此的一些口水。怕的是口水中带有病菌，传染给别人和被人传染给自己都不大好。毛病不是出在筷子，是出在我们吃的方式上。

六十多年前，我的学校里来了一位教英语的老师，我只记得他姓钟，外号人称"钟善人"，他在学校及附近乡村里狂热地提倡两件事，一是植树，一是进餐时每人用两副筷子，一副用于取食，一副用于夹食入口。植树容易，一年只有一度，两副筷子则窒碍难行。谁有那样的耐心，每餐两副筷子此起彼落地交换使用？如今许多人家，以及若干餐馆，筷子仍是人各一双，但是菜盘汤碗各附一个公用的大匙，这个办法比较简便，解决了互吃口水的问题。东洋御料理老早就使用木质短小的筷子，用毕即丢弃。人家能，为什么我们不能？我愿象牙筷子、乌木筷子以及种种珍奇贵重的筷子都保存起来，将来作为古董赏玩。

钟

　　不知谁出的主意，重阳敬老。"礼多人不怪"，这也没有什么不好。照例，凡是年届耄耋的市民，市长具名致送一份礼物，算是敬老之具体表现。我已受过十几次这样的厚贶，包括茶杯、茶盘、盖碗、果盘、咖啡壶、饭碗、瓷寿桃、毛围巾之类。去年送的是时钟一具，礼物尚未出门，就先引起议论，有人"横挑鼻子竖挑眼"，说"钟""终"二字同音，不吉，何况是送给不久一定就要命终的老人？此言一出，为市长办事的人忙不迭地解释说，不是钟，是计时器。

　　这计时器终于送出来了，而我至今并未收到。起初还盼望，想看看什么叫作计时器。是沙漏，是水漏，还是什么别的新鲜玩意儿？一天天过去，就是不见这份礼物送上门来。我知道市长有他的左右，下面有局长，局长下面有科长，科长下面有科员、办事员，以至于雇员，办事讲究分层负责，随便哪一层出一点纰漏，或是区公所的办事人，或是公寓管理员，出一点什么差池，这个计时器就可能送不到小民的手中。我当然不便追索。向谁追索？去年的礼物没收到，还有今年的呢。

我不忌讳钟。前些年我搬家，就有朋友送我一个很大的壁钟，钟面四周饰以金光闪耀的四射光芒，很像古代美洲印卡族所崇拜的太阳偶像。这面钟挂在壁上，发挥很大的功能，不仅使得蓬荜生辉，还使得枉驾的客人不至忘归。这面钟没有给我送终，倒是六七年后，因空气潮湿而机器故障，我给钟送终了。

我们中国的方块字，同音的太多。高本汉说："北京语实在是一种最可怜的方言，总共只有四百二十个音缀：普通的语词不下有四千个，这四千多个的语词，统须支配于四百二十个音缀当中。同音语词的增进，使听者受了极大的困难，于此也可以想见了。"同音语好像并没有给我们带来什么极大的困难，倒是有人故意在同音语词中寻开心，找麻烦，钟、终即是一例。某省人好赌，忌讳输字，于是读书改称读胜。在某些地方，孩子若在麻将桌旁读书，被父母发现，会遭呵斥，认为那足以影响牌桌上的输赢。读书是好事，但是谁愿意赌输？我在四川的雅舍门前有两株高大的梨树，结梨很少，而且酸涩，但是花开时节，一片缟素，蔚为壮观，我们从未想到梨与离同音不祥，事实上抗战胜利圆满还乡；如今回想"雨打梨花深闭门"的景象犹为之低回不置。我回到北平之后，家里有两株梨树高过房檐，小白梨累累然高挂枝头，不幸家人误听谗言把两棵梨树连根砍去，但事实证明未能拯救亲人离散的厄运！此地有一股歪风，许多人家喜欢挂"福"字的猩红斗方，而且把"福"字倒挂着，大概是仿效报纸上寻人启事之把"人"字倒写，都是利用"到""倒"二字同音，取个吉利。福字倒挂，福就真到了吗？我到过一个人家，家道富有，陈设辉煌，可是一进玄关，迎面就是一个特大号的倒挂着的福字。我为之一惊。没过多久，这位福人驾鹤而去了！袁世凯本人并不忌讳元宵，奴才起哄，改称为汤团，可是八十三天之后袁氏仍然消灭了。

　　钟是很可爱的一样东西。由西方传进中土之后，一般家庭无不设置一座，名之为自鸣钟。我小时候，上房有一座大钟，东西厢房各一座小些的，都有玻璃罩，用大铜钥匙上弦，每隔一刻钟，叮叮地发出一串小声，每隔一小时，当当地发出几声大响，夜深人静的时候满院子有此起彼落的钟响。座钟高踞条案的中央，是房间里最触目的一件陈设。后来游三贝子花园，登畅观楼，看到满坑满谷的各式各样的自鸣钟，总有百十来具，都是洋鬼子进贡的，这才大开眼界。鹧鸪钟由一只小鸟按时跳出来布谷布谷地叫，叫完了又缩回去，觉得洋鬼子确有他们的一套奇淫技巧，洋鬼子给大皇帝贡方物，不避送终之嫌，大皇帝亦不以为忤，后来还聚拢起来供人参观。如今地方官致送计时器还有什么可批评的？遗憾的是我没得机会见识一番。

鸟

我爱鸟。

从前我常见提笼架鸟的人，清早在街上溜达（现在这样有闲的人少了）。我感觉兴味的不是那人的悠闲，却是那鸟的苦闷。胳膊上架着的鹰，有时头上蒙着一块皮子，羽翮不整地蜷伏着不动，哪里有半点瞵视昂藏的神气？笼子里的鸟更不用说，常年地关在栅栏里，饮啄倒是方便，冬天还有遮风的棉罩，十分的"优待"，但是如果想要"抟扶摇而直上"，便要撞头碰壁。鸟到了这种地步，我想它的苦闷，大概是仅次于粘在胶纸上的苍蝇，它的快乐，大概是仅优于在标本室里住着吧？

我开始欣赏鸟是在四川。黎明时，窗外是一片鸟啭，不是叽叽喳喳的麻雀，不是呱呱噪啼的乌鸦，那一片声音是清脆的，是嘹亮的，有的一声长叫，包括着六七个音阶，有的只是一个声音，圆润而不觉其单调，有时是独奏，有时是合唱，简直是一派和谐的交响乐。不知有多少个春天的早晨，这样的鸟声把我从梦境唤起。等到旭日高升，市声鼎沸，鸟就沉默了，不知到哪里去了。一直等到夜晚，才又听到杜鹃叫，由远叫到近，由近叫到远，一声急似一声，竟是凄绝的哀乐。客夜闻此，说不出的酸楚！

在白昼，听不到鸟鸣，但是看得见鸟的形体。世界上的生物，没有比鸟更俊俏的。多少样不知名的小鸟，在枝头跳跃，有的曳着长长的尾巴，有的翘着尖尖的长喙，有的是胸襟上带着一块照眼的颜色，有的是飞起来的时候才闪露一下斑斓的花彩。几乎没有例外的，鸟的身躯都是玲珑饱满的，细瘦而不干瘪，丰腴而不臃肿，真是减一分则太瘦，增一分则太肥那样的秾纤合度，跳荡得那样轻灵，脚上像是有弹簧。看它高踞枝头，临风顾盼——好锐利的喜悦刺上我的心头。不知是什么东西惊动它了，它倏地振翅飞去，它不回顾，它不悲哀，它像虹似的一下就消逝了，它留下的是无限的迷惘。有时候稻田里伫立着一只白鹭，蜷着一条腿，缩着颈子，有时候"一行白鹭上青天"，背后还衬着黛青的山色和釉绿的梯田。就是抓小鸡的鸢鹰，啾啾地叫着，在天空盘旋，也有令人喜悦的一种雄姿。

我爱鸟的声音、鸟的形体，这爱好是很单纯的，我对鸟并不存任何幻想。有人初闻杜鹃，兴奋得一夜不能睡，一时想到"杜宇""望帝"，一时又想到啼血，想到客愁，觉得有无限诗意。我曾告诉他事实上全不是这样的。杜鹃原是很健壮的一种鸟，比一般的鸟魁梧得多，扁嘴大口，并不特别美，而且自己不知构巢，依仗体壮力大，硬把卵下在别个的巢里，如果巢里已有了够多的卵，便不客气地给挤落下去，孵育的责任由别个代负了，孵出来之后，羽翼渐丰，就可把巢据为己有。那人听了我的话之后，对于这豪横无情的鸟，再也不能幻出什么诗意出来了。我想济慈的《夜莺》、雪莱的《云雀》，还不都是诗人自我的幻想，与鸟何干？

鸟并不永久地给人喜悦，有时也给人悲苦。诗人哈代在一首诗里说，他在圣诞的前夕，炉里燃着熊熊的火，满室生春，桌上摆着丰盛的筵席，准备着过一个普天同庆的夜晚，蓦然看见在窗外一片美丽的雪景当中，有一只小鸟局踏缩缩地在寒枝的梢头踞立，正在啄食一颗残余的僵冻的果儿，禁不住那料峭的寒风，栽倒在地上死了，滚成一个雪团！诗人感谓曰："鸟！你连这一个快乐的夜晚都不给我！"我也有过一次类似的经验，在东北的一间双重玻璃窗的屋里，忽然看见枝头有一只麻雀，战栗地跳动抖擞着，在啄食一块干枯的叶子。但是我发现那麻雀的羽毛特别的长，而且是蓬松载张着的：像是披着一件蓑衣，立刻使人联想到那垃圾堆上的大群褴褛而臃肿的人，那形容是一模一样的。那孤苦伶仃的麻雀，也就不暇令人哀了。

自从离开四川以后，不再容易看见那样多型类的鸟的跳荡，也不再容易听到那样悦耳的鸟鸣。只是清早遇到烟突冒烟的时候，一群麻雀挤在檐下的烟突旁边取暖，隔着窗纸有时还能看见伏在窗棂上的雀儿的映影。喜鹊不知逃到哪里去了。带哨子的鸽子也很少看见在天空打旋。黄昏时偶尔还听见寒鸦在古木上鼓噪，入夜也还能听见那像哭又像笑的鸱鸮的怪叫。再令人触目的就是那些偶然一见的囚在笼里的小鸟儿了，但是我不忍看。

房东与房客

　　狗见了猫，猫见了耗子，全没有好气，总不免怒目相视，龇牙咧嘴，一场格斗了事。上天生物就是这样，生生相克，总得斗。房东与房客，或房客与房东，其间的关系也是同样的不祥。在房东眼里，房客很少有好东西；在房客眼里，房东根本就没有一个好东西。利害冲突，彼此很难维持人与人之间应有的常态。

　　房东的哲学往往是这样的："来看房的那个人，看样子就面生可疑。我的房子能随便租给人？租给他开白面房子怎么办？将来非找个妥保不可。你看他那个神儿！房子的间架矮哩，院子窄哩，地点偏哩，房租大哩，褒贬得一文不值，好像是谁请他来住似的！你不合适不会不住？我说得清清楚楚，你没有家眷我可不租，他说他有。我问他是干什么的，他死不张嘴，再不就是吞吞吐吐，八成不是好人。可是后来我还是租给他了。他往里一搬，哎呀，怎那么多人口，也不知究竟是几家子？瘪嘴的老太太有好几位，孩子一大串，兔儿爷似的一个比一个高。住了没有几个月，房子糟蹋得不成样子，雪白的墙角上他堆煤，披麻绿油的影壁上画了粉笔的飞机与乌龟，砖缝的草更长了一人多高，沟眼也堵死了，水龙头也歪了，地板上的油漆也磨光了，天花板也熏黑了，玻璃窗也用高丽纸锯补了，门环子也掉了……唉，简直是遭劫！房租到期还要拖欠，早一天取固然不成，过几天取也常要碰钉子，'过两天再来吧''下月一起付吧''太太不在家''先付半个月的吧''我们还没有发薪哪，发了薪给你送去'……好，房租取不到，还得白跑道，腿杆儿都跑细了。他不给租钱，还挺横，你去取租的时候，他就叫你蹲在门口儿，砰的一声把大门关上了，好像是你欠他的钱！也有到时候把房租送上门来的，这主儿更难缠，说不定他早做了二房东，他怕我去调查。租人家的房子住人的，有几个是有良心的？……"

房客的哲学又是一套："这房东的房子多得很，'吃瓦片儿的'，任事不做，靠房钱吃饭。这房子一点也不和局，我要是有钱绝不租这样的房子。我是凑合着住。一进门就是三份儿，一房一茶一打扫，比阎王还凶。没法子，给你。还要打铺保？我人地生疏，哪里找保去？难道我还能把你的房子吃掉不成？你问我家里人口多不多，你管得着吗？难道房东还带查户口？'不准转租'，我自己还不够住呢！可是我要把南房腾空转租，你也管不了，反正我不欠你的房租。'不准拖欠'，噫，我要是有钱我绝不拖欠。这个月我迟领了几天薪，房东就三天两头儿地找上门来，好像是有几年没付房钱似的，搅得我一家不安。谁没有个手头儿发窘？何苦！房钱错了一天也不行，急如星火，可是那天下雨房漏了，打了八次电话，他也不派人来修，把我的被褥都湿脏了，阴沟堵住了，院里积了一汪子水，也不来修。门环掉了，都是我自己找人修的。他还觍着脸催房钱！无耻！我住了这样久，没糟蹋你一间房子，墙、柱子都是好好的，没摘过你一扇门、一扇窗子，还要怎样？这样的房客你哪里找去？……"

房东、房客如此之不相容，租赁的关系不是很容易决裂的吗？啊不，比离婚还难。房东虽然不好，房子还是要住的；房客虽然不好，房子不能不由他住。主客之间永远是紧张的，谁也不把谁当作君子看。

这还是承平时代的情形。在通货膨胀的时代，双方的无名火都提高了好几十丈，提起了对方的时候怕牙都要发痒。

房东的哲学要追加一部分："你这几个房钱够干什么的？你以后不必给房钱了，每个月给我几个烧饼好了。一开口就是'老房客'，老房客就该白住房？你也打听打听现在的市价，顶费要几条几条的，房租要一袋一袋的，我的房租不到市价的十分之一，人不可没有良心。你嫌贵，你别处租租试看。你说年头不好，你没有钱，你可以住小房呀！谁叫你住这么大的一所？没有钱，就该找三间房忍着去，你还要场面？你要是一个钱都没有，就该白住房吗？我一家子指着房钱吃饭哪！你也不是我的儿子，我为什么让你白住？……"

房客方面也追加理由如下："我这么多年没欠过租，我们的友谊要紧。房钱不是没有涨过，我自动地还给你涨过一次呢，要说是市价一间一袋的话，那不合法，那是高抬物价，市侩作风，说到哪里也是你没理。人不可不知足，你叫涨到多少才叫够？我的薪水也并没有跟着物价涨。才几个月的工夫，又啰唆着要涨房租，亏你说得出口！你是房东、资产阶级，你不知没房住的苦，何必在穷人身上打算盘？不用废话了，等我的薪水下次调整，也给你加一点儿，多少总得加你一点儿，这个月还是这么多，你爱拿不拿！你不拿，我放在提存处去，不是我欠租。……"

闹到这个地步，关系该断绝了吧？啊不。房客赌气搬家，不，这个气赌不得，赌财不赌气。房东撵房客搬家，更不行，撵人搬家是最伤天害理的事，谁也不同情，而且事实上也撵不动，房客像是生了根一般。打官司吗？房东心里明白：请律师递状、开庭、试行和解、开庭辩论、宣判、二审、三审、执行，这一套程序不要两年也得一年半，不合算。没法子，怄吧。房东和房客就这样的在怄着。

世界上就没有懂得一点儿宾主之谊，客客气气，好来好散的吗？有，不过那是在"君子国"里。

讲演

生平听过无数次讲演，能高高兴兴地去听，听得入耳，中途不打呵欠不打瞌睡者，却没有几次。听完之后，回味无穷，印象长留，历久弥新者，就更难得一遇了。

小时候在学校里，每逢星期五下午四时，奉召齐集礼堂听演讲，大部分是请校外名人莅校演讲，名之曰"伦理演讲"，事前也不宣布讲题，因为学校当局也不知道他要讲什么。也很可能他自己也不知要讲什么。总之，把学生们教训一顿就行。所谓名人，包括青年会总干事、外交部的职业外交家、从前做过国务总理的、做过督军什么的，还有孔教会会长等等，不消说都是可敬的人物。他们说的话也许偶尔有些值得令人服膺弗失的，可是我一律"只作耳边风"。大概我从小就是不属于孺子可教的一类。每逢讲演，我把心一横，心想我卖给你一个钟头时间做你的听众之一便是。难道说我根本不想一瞻名人风采？那倒也不。人总是好奇，动物园里猴子吃花生，都有人围着观看。何况盛名之下世人所瞻的人物？闻名不如见面，不过也时常是见面不如闻名罢了。

给我印象最深的两次演讲，事隔数十年未能忘怀。一次是听梁启超先生讲《中国文学里表现的情感》。时在一九二三年春，地点是清华学校高等科楼上一间大教室。主席是我班上的一位同学。一连讲了三四次，每次听者踊跃，座无虚席。听讲的人大半是想一瞻风采，可是听他讲得痛快淋漓，无不为之动容。我当时所得的印象是：中等身材，微露秃顶，风神潇散，声如洪钟。一口的广东官话，铿锵有致。他的讲演是有底稿的，用毛笔写在宣纸稿纸上，整整齐齐一大叠，后来发表在《饮冰室文集》。不过他讲时不大看底稿，有时略翻一下，更时常顺口添加资料。他长篇大段地凭记忆引诵诗词，有时候记不起来，愣在台上良久良久，然后用手指敲头三两击，猛然记起，便笑容可掬地朗诵下去。讲起《桃花扇》，诵到"高皇帝，在九天，也不管他孝子贤孙，变成了飘蓬断梗"，竟涔涔泪下，听者愀然危坐，那景况感人极了。他讲得认真吃力，渴了便喝一口开水，掏出大块毛巾揩脸上的汗，不时地呼唤他坐在前排的儿子："思成，黑板擦擦！"梁思成便跳上台去把黑板擦干净。每次钟响，他讲不完，总要拖几分钟，然后他于掌声雷动中大摇大摆地徐徐步出教室。听众守在座位上，没有一个敢先离席。

又一次是一九三一年夏，胡适之先生由沪赴平，路过青岛，我们在青岛的几个朋友招待他小住数日，顺便请他在青岛大学讲演一次。他事前无准备，只得临时"抓哏"，讲题是《山东在中国文化上的地位》。他凭他平时的素养，旁征博引，由"齐一变至于鲁，鲁一变至于道"，讲到山东一般的对于学术思想文学的种种贡献，好像是中国文化的起源与发扬尽在于是。听者全校师生绝大部分是山东人，直听得如醍醐灌顶，乐不可支，掌声不绝，真是好像要把屋顶震塌下来。胡先生雅擅言词，而且善于恭维人，国语虽不标准，而表情非常凝重，说到沉痛处，辄咬牙切齿地一个字一个字地吐出来，令听者不由得不信服他所说的话语。他曾对我说，无论是为文或言语，一定要出之于绝对的自信，然后才能使人信。他又有一次演讲，题为《中国传统的未来》。他面对一些所谓汉学家，于一个多小时之内，缕述中国文化变迁的大势，从而推断其辉煌的未来，旁征博引，气盛言宜，赢得全场起立鼓掌。有一位汉学家对我说："这是一篇丘吉尔式（Churchillian）的演讲！"其实一篇言中有物的演讲，岂止是丘吉尔式而已哉？

一般人常常有一种误会，以为有名的人，其言论必定高明；又以为官做得大者，其演讲必定动听。一个人能有多少学问上的心得，处理事务的真知灼见，或是独特的经验，值得兴师动众，令大家屏息静坐以听？爱因斯坦在某大学餐宴之后被邀致词，他站起来说："我今晚没有什么话好说，等我有话说的时候会再来领教。"说完他就坐下去了。过了些天他果然自动请求来校，发表了一篇精彩的演说。这个故事，知道的人很多，肯效法仿行的人太少。据说有一位名人搭飞机到远处演讲，言中无物，废话连篇，听者连连欠伸，冗长的演讲过后，他问听众有何问题提出，听众没有反应，只有一人缓缓起立问曰："你回家的飞机几时起飞？"

我们中国士大夫最忌讳谈金钱报酬，一谈到阿堵物，便显着俗。司马相如的一篇《长门赋》得到孝武皇帝、陈皇后的酬劳黄金百斤，那是文人异数。韩文公为人作墓碑铭文，其笔润也是数以斤计的黄金，招来谀墓的讥诮。郑板桥的书画润例自订，有话直说，一贯的玩世不恭。一般人的润单，常常不好意思自己开口，要请名流好友代为拟订。演讲其实也是吃开口饭的行当中的一种，即使是学富五车，事前总要准备，到时候面对黑压压的一片，即使能侃侃而谈，个把钟头下来，大概没有不口燥舌干的。凭这一份辛劳，也应该有一份报酬，但是邀请人来演讲的主人往往不作如是想。给你的邀请函不是已经极尽恭维奉承之能事，把你形容得真像是一个万流景仰而渴欲一瞻丰采的人物了吗？你还不觉得踌躇满志？没有观众，戏是唱不成的。我们为你纠合这么大一批听众来听你说话，并不收取你任何费用，你好意思反过来向我们索酬？在你眉飞色舞唾星四溅的时候，我们不是没有恭恭敬敬地给你送上一杯不冷不烫的白开水，喝不喝在你。讲完之后，我们不是没有给你猛敲肉梆子；你打道回府的时候，我们不是没有恭送如仪，鞠躬如也地一直送到你登车绝尘而去。我们仁至义尽，你尚何怨之有？

天下不公平之事往往如是，越不能讲演的人，偏偏有人要他上台说话；越想登台致词的人，偏偏很少有机会过瘾。我就认识一个人，他略有小名，邀他讲演的人太多，使他不胜其烦。有一天（一九八〇年三月十七日）他在报上看到一则新闻《邱永汉先生访问记》，有这样的一段：

> 邱先生在日本各地演讲，每两小时报酬一百万圆，折合台币十五万。想创业的年轻人向他请益需挂号排队，面授机宜的时间每分钟一万圆。记者向他采访也照行情计算，每半小时两万圆。借阅资料每件五千圆。他太太教中国菜让电视台录影，也是照这行情。从三月初起，日本职业作家一齐印成采访价目一览表寄往各报社，价格随石油物价的变动又有新的调整。

他看了灵机一动，何妨依样葫芦？于是敷陈楮墨，奋笔疾书，自订润格曰："老夫精神日损，讲演邀请频繁。深闭固拒，有伤和气。舌敝唇焦，无补稻粱。爰订润例，稍事限制。各方友好，幸垂察焉。市区以内，每小时讲演五万元，市区以外倍之。约宜早订，款请先惠……"稿尚未成，友辈来访，见之大惊，咸以为不可。都说此举不合国情，而且后果堪虞。他一想这话也对，不可造次，其事遂寝。

同乡

从前交通险阻，外出旅行是一件苦事。离乡背井，举目无亲，有无限的凄凉。所以，在水上漂泊的时候，百无聊赖，忽然听得有人在说自己的家乡话，一时抑不住心头的欢喜，会不揣冒昧地去搭讪，像崔颢《长干行》所说的："停船暂借问，或恐是同乡。"说同一方言的人才是同乡，乡音是同乡之间最强有力的联系。

科举的时代，北平有所谓会馆者，尤其是宣武门外一带外省人士汇集的地区，会馆林立。进京赶考的人，泰半就在会馆挂单，饮食住宿都有了着落，而且有老乡照料，自然亲切。会馆是前辈乡贤所捐助设立的，确有其需要。后来科举废除，社会形态改变，会馆就渐渐消失了。有名的江西会馆，规模宏大，常是堂会戏上演的地方。我知道宣武门外北椿树胡同的一所很逼仄的徽州绩溪会馆，一度掌管事务的人却是胡适之先生。胡先生的同乡观念十分浓厚，他家里常有一群群的徽州老乡用没别人能懂的徽州方言和他话旧。就是他来到台湾以后，我有一次到南港拜访，座上先有一位客人是老胡开文笔墨店的后人。在上海时，胡先生曾邀几个朋友到二马路一家徽州菜馆小叙，刚一上楼就听见楼下一声吼叫，胡先生问："楼下账房先生方才吼叫的话，你们懂吗？他喊的是：'绩溪老倌，多加油啊！'在炒菜锅里额外加一勺油，表示优待同乡。我们家乡贫苦，平素很少油吃。"随后端上来一盘划水鱼、一盘生炒蝴蝶面，果然油水不少，油漾到盘外。

　　我生长在北平，说的是北平话，因此无需学习国语，附带着也没学习注音符号，一直到现在，ㄅㄆㄇㄈ（bpmf）还搞不太清楚。在清华读书的时候，每年全国本部十八省考选学生入学，各说各省的方言，无形之中各省的学生自成一个小组。唯独直隶省同乡最为散漫，我所认识的同乡，大部分是天津人，真正的北平同乡只有两个，可是，我不久就发现其中一位原来是满洲人，另一位是内蒙古人。我的原籍是浙江，曾经正式向京兆大兴县公署申请入籍，承蒙批准在案。其实凡是会说地道北平话的人都可算是北平人。北方民族混杂，北平又是几代为首都，人文荟萃，籍贯问题时常无从说起。能说国语的都是我们的同乡，因此我的同乡观念比较稀薄。在清华有一位同班同学，是中等科唯一的厦门人，他只会说厦门话，在高等科还有一位厦门人，偶然过来陪他聊聊天。他在学校里就像是单独拘禁，不堪寂寞，不久他就疯了。我了解，对于某些人同乡观念之难于消除是有理由的。

在异地遇同乡，是有一种不可抑制的喜悦。前年喜乐先生伉俪遇我，谈笑间才知道是北平同乡。我问：

"您在北平住在哪儿？"

"黄土坑儿。"

"什锦花园儿，对不对？"

"对。您呢？"

"内务部街。"

"灯市口儿，对不对？"

越说越对，于是谈起关于北平的陈谷子烂芝麻，一说就没个完，好像是又回到家乡里一趟。我在台北坐计程车，只有一次发现司机是北平人；不，是司机先发现我是北平人。我告诉他我要到什么地方，详加解释。他回过头频频看我，说：

"您是北平人吧？"

"是呀。"

"在北平住哪儿？"

"东四牌楼南边儿。"

"啊，我住北新桥儿，咱们住得很近嘛……"

于是，一路谈下去，不觉地到了目的地。我说："零钱别找啦。"他望着我下车，许久许久才开车而去。

林琴南《畏庐琐记》："闽人喜操土音，每燕集，一遇乡人，即喋喋不已。然他省人无一能解者，故恶闽人刺骨。实则闽音有与古音通者。今略举数条，如……"闽音之与古音通，是众所周知的，但是古音非今人所能尽通，故闽语之流行仍被视为现今方言之一种。林琴南先生所谓他省人恶闽人刺骨，我想他省人不是不知闽音常与古音通，也不是恶闽人之操闽语，只是因为自己听不懂而困扰、而烦恼、而猜疑、而愤怒。我知道从前某一机关有两位谊属同乡的干部，他们时常交头接耳呶呶不休，所操土音无人能解，于是引人注意，疑其所谈必与苞苴有关，其中必定有弊，人言可畏，结果是双双去职。大抵在第三者面前二人以土音土语交谈，至少是不智而且不礼貌的行为。

他们

山河不足重 重在遇知己

你走，我不送你。你来，无论多大风多大雨，我要去接你。

忆李长之

前些日子常风先生寄我一帧复印的黑白照片，背面题识如下：

一九四八年十月二十三日北平怀仁学会善秉仁司铎在北平王府井安福楼招宴留影

（由右起）

善司铎　　　　　　李长之（已故）

章川岛（已故）　　梁实秋先生

沈从文　　　　　　杨振声先生（已故）

常风　　　　　　　俞平伯先生

冯至　　　　　　　朱光潜先生（已故）

赵君（怀仁学会职员）

我已记不得将近四十年前有这样的一次宴会，但是有照片为证，绝错不了。照片中的善司铎面部模糊不可辨识，我想不起他的风貌，不过我知道天主教神父中很多饱学之士，喜与文人往来。这一次宴会，应邀的都是学界人士。其中有四位已经做了九泉之客。照片中站在我身旁的李长之先生是我多年的朋友，丧乱后失去联络，直到看见这张照片才知道他已谢世。

长之是山东人，我忘记了他的乡里。他不是彪形的山东大汉，而是相当瘦小"恂恂如鄙人"。经常穿着一件蓝布宽博，多少有褴藏相。我之和他相识是经闻一多的介绍。当时（一九三四年和一九三五年之际）我在青岛，一多在清华。一多函告清华有一位刚毕业的学生，名李长之，在天津国闻周报上发表了一篇文章，批评我不久才出版的《偏见集》，有见地，值得一读。我立刻就找来读了。《偏见集》是我在上海和某些左翼仁兄辩难文字的结集。长之大致上同意我的见解，认为文学乃基本的人性的发扬，谈不到什么阶级斗争的说法。这在当时已经算是空谷足音了。像陈望道之类对《偏见集》的批评，只是奉命摇旗一呐喊而已。但是长之对我也有很严肃的指责，他说我缺乏一套完整的哲学体系作为文学批评的准绳。此一说法颇中肯綮。我的文学观确实缺少他所谓的哲学体系的基础。经他这一指点，我以后思索了好几十年。虽然我的文学观至今未变，我却很感激他的批评。因为有此一段因缘，我以后就和他成为很好的朋友，真是所谓"以文会友"。

抗战时我在北碚，长之在沙坪坝。我听人说起，他承唐君毅教授之介认识了一位女生。据说女至孝，因此长之乃不胜其爱慕。复有君毅先生之执柯，立即委禽。不料结缡才数日，因细故遽起勃，而且情形相当严重，好事者绘影绘声广为传播。我闻之不悦。婚姻之事，外人不可置喙，尤其不可作为谈助。我径函长之，问他愿否来北碚参加国立编译馆的工作。他的家庭问题我始终一字不提。他欣然独身就道，于是开始了我们在一起四五年的朝夕切磋。

我在编译馆的工作之一是主持一个翻译委员会。委员会有成员十余人。所译作品视各人兴趣而定，唯必须为学术典籍或文学名著。长之语我，愿译康德之三大批判，而且是从德文直接翻译。我大吃一惊。承他相告，他离开清华之后曾从北大德文系教授杨丙辰先生习德文，苦读两三年而有成，读德文哲学典籍可以略无滞碍。学习外国语文本非易事，唯思想学问业已成熟之学者若学习另一种外国文字，旨在读书，而非会话，则用上三五年苦功即可济事。最近在报纸上看到已故朱光潜先生生前发表过的一段文字：

> 我在快六十岁的时候，才自学俄文，一面听广播，一面抓住契诃夫的《樱桃园》和《三姊妹》，屠格涅夫的《父与子》和高尔基的《母亲》这几本书硬啃，每本书都读上三四遍。这些工作都是在课余的时间做的，做了两年之后，我也可以捧着一部字

典去翻译俄文书了。

（一九八六年三月九日《联副》）

朱光潜先生自修俄文两年便自信可以翻译俄文书了，实在很惊人。有为者亦若是。所以长之从名师学德文两三年便可译康德的三大批判，并非妄举。我当时和长之约定，立即动手翻译，期以十年的工夫竟其全功。在烽火连天生活困苦的情况之下，长之埋首翻译，真正的是废寝忘食，我很少遇见这样认真的翻译工作者。他每遇到一段精彩的原文，而自信译笔足以传达原文之妙，辄喜不自胜，跑来读给我听，一再的欢喜赞叹。我听不懂，他就再读一遍，非教我点头称许不可，大有"知音如不赏，归卧故山秋"之概。我只好硬听下去。他这部翻译，因猝然抗战结束，匆匆返乡，他离开编译馆，故未完成，甚为可惜。

抗战结束后我们又在北平聚首，同在师大执教。师大为安顿教职员的生活，在西城某一大禅寺租了一个大跨院，专供教师居住，长之分得了三间，两明一暗，可以栖迟。寺的名称，我记不得了，不过我还记得该寺规模不小，有相当大的藏经楼。僧房寂寂，曲径通幽。长之要我写张字给他，我当时正在热心读杜诗，便写了"游龙门奉先寺"给他，他看了"欲觉闻晨钟，令人发深省"之句，别有会心，相与拊掌。

有一天他偕季羡林先生来看我。羡林是他的同学好友，又是同乡，二人最为相得。这一次二人的面色有异，甚为凝重。原来是长之夫妇又行反目，羡林拖他来要我劝解。其起因小事一端。一日，太太出去买菜，先生伏案为文。太太归来把菜筐往桌上一抛，其中的豆芽白菜等等正好抛在长之的稿纸上面，湿污淋漓，一塌糊涂。长之大怒，遂启争端。我告诉长之，太太冒着暑热出去买菜，乃辛苦事，你若陪她上菜市，归来一同洗弄菜蔬，便是人生难得的快乐事，做学问要专心致志，夫妻间也需要一分体贴。我直言奉劝，长之默然，但厥后不复闻有勃之声。

一九四八年冬，北平吃紧，风雨欲来，我想以避地为佳，仓皇南下，临行留函告知诸友。抵广州后，得长之函，像其他友朋一样，对我之不辞而别深致惋惜，以为北平才是自由呼吸之地。稍后，我的朋友中有人在街上大扭秧歌。听说长之也有文章发表，畅论教育改革。他们以后怎样，我就不大清楚。长之怎样地结束了他的一生，我也至今不大明白。如今看到旧的照片，不胜唏嘘而已。

记张自忠将军

　　我与张自忠将军仅有一面之雅，但印象甚深，较之许多常常谋面的人更难令我忘怀。读《传记文学》秦绍文先生的大文，勾起我的回忆，仅为文补充以志景仰。

　　一九四〇年一月我奉命参加国民参政会之华北视察慰劳团，由重庆出发经西安、洛阳、郑州、南阳、宜昌等地，访问了五个战区七个集团军司令部，其中之一便是张自忠将军的防地。他的司令部设在襄阳与当阳之间的一个小镇上，名快活铺。我们到达快活铺的时候大概是在二月中，天气很冷，还降着蒙蒙的冰霰。我们旅途劳顿，一下车便被招待到司令部。这司令部是一栋民房，真正的茅茨土屋，一明一暗，外间放着一张长方形木桌，环列木头板凳，像是会议室，别无长物，里间是寝室，内有一架大木板床，床上放着薄薄的一条棉被，床前一张木桌，桌上放着一架电话和两三沓镇尺压着的公文，四壁萧然，简单到令人不能相信其中有人居住的程度。但是整洁干净，一尘不染。我们访问过多少个司令部，无论是后方的或是临近前线的，没有一个在简单朴素上能比得过这一个。孙蔚如将军在中条山上的司令部，也很简单，但是也还有几把带靠背的椅子，孙仿鲁将军在唐河的司令部也极朴素，但是他也还有设备相当齐全的浴室。至于那些雄霸一方的骄兵悍将就不必提了。

张将军的司令部固然简单，张将军本人却更简单。他有一个高高大大的身躯，不愧为北方之强，微胖，推光头，脸上刮得光净，颜色略带苍白，穿普通的灰布棉军服，没有任何官阶标识。他不健谈，更不善应酬，可是眉宇之间自有一股沉着坚毅之气，不是英才勃发，是温恭蕴藉的那一类型。他见了我们只是闲道家常，对于政治军事一字不提。他招待我们一餐永不能忘的饭食，四碗菜，一只火锅。四碗菜是以青菜豆腐为主，一只火锅是以豆腐青菜为主。其中也有肉片肉丸之类点缀其间。每人还加一只鸡蛋放在锅子里煮。虽然他直说简慢抱歉的话，我看得出这是他在司令部里最大的排场。这一顿饭吃得我们满头冒汗，宾主尽欢，自从我们出发视察以来，至此已将近尾声，名为慰劳将士，实则受将士慰劳，到处大嚼，直到了快活铺这才心安理得地享受了一餐在战地里应该享受的伙食。珍馐非我之所不欲，设非其时非其地，则顺着脊骨咽下去，不是滋味。

晚间很早地就被打发去睡觉了。我被引到附近一栋民房，一盏油灯照耀之下看不清楚什么，只见屋角有一大堆稻草，我知道那是我的睡铺。在前方，稻草堆就是最舒适的卧处，我是早有过经验的，既暖和又松软。我把随身带的铺盖打开，放在稻草堆上倒头便睡。一路辛劳，头一沾枕便呼呼入梦。俄而轰隆轰隆之声盈耳，惊慌中起来凭窗外视，月明星稀，一片死寂，上刺刀的卫兵在门外踱来踱去，态度很是安详，于是我又回到被窝里，但是断断续续的炮声使我无法再睡了。第二天早晨起来，参谋人员告诉我，这炮声是天天夜里都有的，敌人和我军只隔着一条河，到了黑夜敌人怕我们过河偷袭，所以不时地放炮吓吓我们，表示他们有备，实际上是他们自己壮胆。我军听惯了，根本不理会他们，他们没有胆量开过河来。那么，我们是不是有时也要过河去袭击敌人呢？据说是的，我们经常有部队过河作战，并且有后继部队随时准备出发支援，张将军也常亲自过河督师。这条河，就是襄河。

早晨天仍未晴，冰霰不停，朔风刺骨。司令部前有一广场，是扩大了的打谷场，就在那地方召集了千把名士兵，举行赠旗礼。我们奉上一面锦旗，上面的字样不是"我武维扬"便是"国之干城"之类。我还奉命说了几句话。在露天讲话很难，没讲几句就力竭声嘶了。没有乐队，只有四把喇叭，简单而肃穆。行完礼，张将军率领部队肃立道边，送我们登车而去。

回到重庆，大家争来问讯，问我在前方有何见闻。平时足不出户，哪里知道前方的实况？真是一言难尽。军民疾苦，惨不忍言，大家只知道"前方吃紧后方紧吃"，其实亦不尽然，后方亦有不紧吃者，前方亦有紧吃者，大概高级将领之能刻苦自律如张自忠将军者实不可多觏。我尝认为，自奉俭朴的人方能成大事，讷涩寡言笑的人方能立大功。果然五月七日夜张自忠将军率部渡河解救友军，所向皆捷，不幸陷敌重围，于十六日壮烈殉国！大将陨落，举国震悼。

张将军灵榇由重庆运至北碚河干，余适寓北碚，亲见民众感情激动，群集江滨。遗榇厝于北碚附近小镇天生桥之梅花山。山以梅花名，并无梅花，仅一土丘蜿蜒公路之南侧。此为由青木关至北碚必经之在，行旅往还辄相顾指点："此张自忠将军忠骨长埋之处也。"

将军之生平与为人，余初不甚了了，唯七七事变前后余适在北平，对于二十九军诸将领甚为敬佩与同情，其谋国之忠与作战之勇，视任何侪辈皆无逊色，谓予不信，请看张自忠将军之事迹。

怀念陈慧

　　前几天在华副师大文学周的某一期里看到邱燮友先生的一篇文章，提到陈慧，我读了心里很难过，因为陈慧已在十多年前自杀了。

　　陈慧本名陈幼睿，广东梅县人，在海外流浪，以侨生名义入师范大学国文系，毕业后又入国文研究所，取得硕士学位。在报刊上他不时地有新诗发表，有些首写得颇有情致。某一天他写信来要求和我谈谈。到时候他来到安东街我家，这是我第一次和他会面，谈的是有关诗的问题，以及他个人的事。他身材修长，清癯消瘦的脸苍白得可怕，头发蓬松，两只大眼睛呆滞地向前望着，一望而知他是一个郁郁寡欢的青年。年轻的学生们常有一些具有才气而性格奇特的畸人，不知为什么我对他们有缘，往往一见如故，就成为朋友。陈慧要算是其中一个。从他的言谈里我知道他有深沉的乡愁，萦念他的家乡，而且孝思不匮，特别想念他的老母。他说话迟缓，近于木讷，脸上常带笑容，而那笑不是欢笑。我的客厅磨石子地，没有地毯，打蜡之后很亮很滑，我告他不必脱鞋，我没有拖鞋供应。他坚持要脱，露出了前后洞穿得脏破的袜子。他也许自觉甚窘，不断地把两脚往沙发底下伸，同时不停地搓着手。每次来都是这样。

他的硕士论文我记得是《〈世说新语〉的研究》，《世说新语》正好是我所爱读的一部书，里面问题很多，文字方面难解之处亦复不少，因此我们也得互相切磋之益。但是他并不重视他的论文，因为他不是属于学院派的那个类型，对于考据校勘的工作不大感兴趣，认为是枯燥无味，他喜欢欣赏玩味《世说新语》所涵有的那些隽永的哲理和晶莹的词句。论文写好之后曾拿来给我看，厚厚的一大本，确实代表了他所投下的大量的工夫。他自己并不觉得满意，也不曾企图把它发表。

他对于学校里某些老师颇有微词，以为他们坚持有志于学的生员必须履行旧日拜师的礼节，乃是不合理的事，诸如三跪九叩、点蜡烛、摆香案、宴宾客等等。他尤其不满意的是，对于不肯这样拜师的人加以歧视，对于肯行礼如仪的人也并不传授薪火，最多只是拿出几本递相传授的曾经批点过的古书手稿之类予以展示。陈慧很倔强，不肯磕头拜师，据他说这是他毕业之后不获留校做助教讲师的根由。我屡次向他解说，磕头拜师是旧日传统礼仪，其基本动机是尊师重道，无可厚非，虽然在学校读书已有师生之分，无需于今之世再度补行旧日拜师之礼，而且叠床架屋，转滋纷扰。不过开设门庭究竟是师徒两厢情愿之事，也并不悖尊师重道之旨，大可不必耿耿于怀。我的解释显然不能使他释怀，他的忧郁有增无减。

他的恋爱经验更添加了他的苦楚。他偶然在公车上邂逅一位女郎，一头秀发披肩，他讶为天人。攀谈之下，原是同学，从此往来遂多，而女殊无意。他坠入苦恼的深渊不克自拔。暑假开始，他要去狮头山小住，一面避暑，一面以小说体裁撰写其失恋经过，以抒发他心中的烦闷。他邀我同行，我愧难以应。他独自到了狮头山上，住进最高峰的一个尼姑庵里。他来信说，他独居一大室，空空洞洞，冷冷清清，经声梵呗，发人深省，一夕室内剥啄之声甚剧，察视并无人踪，月黑高风，疑为鬼物为祟，惊骇欲绝，天明时才发现乃一野猫到处跳踉。庵中茹素，但鲜笋风味极佳，频函促我前去同享，我婉谢之。山居这一段期间可能是他最快乐的时间。下山归来挟小说稿示我，哀然巨帙，凡数十万言。但仆仆奔走，出版家不可得，这对他又是一项打击。

他的恋爱一波未平一波又起。据他告诉我这一回不是浪漫的爱，是脚踏实地的步步为营。对方是一位南洋女侨生，毕业后将返回马来亚侨居地，于是他也想追踪南去。几经洽求，终于得到婆罗洲汶莱的一所侨校的邀聘。他十分高兴地偕同他的女友来我家辞行，我祝福他们一帆风顺。他抵达汶莱之后，兴致很高，择期专赴近在咫尺的吉隆坡，用意是拜访女友家长，期能同意他们的婚事。万没想到晤谈之后竟遭否决。好事难谐，废然而退。这是他再度的失败。他觉得在损伤之外又加上了侮辱。他没有理由再在汶莱勾留，决心要到美国去发展。不幸地又在签证上发生了波折，美国领事拒绝签证，他和领事发生了剧烈的争吵，最后还是签证了，他气愤地到了纽约。这一段经过他有长函向我报告，借唠叨地叙述发泄他的积郁，我偶然也复他一信安慰他一番。

他在纽约茫茫人海，举目无亲，原意入大学研究所，继续研读中国文学，但美国大学之讲授中国文学，其对象为美国人士，需操英语，他的条件不具备，因此被拒。穷途无聊，乃入中国餐馆打工，生活可以维持，情绪则非常低落。他买了几件小小礼物，托人带给我，并附长信，谓流落外邦，伤心至极，孤独惶恐，走投无路，愿我为他指点迷津。我看他满纸辛酸，而语意杂乱，征营惵悸之情跃然纸上，恐将近于精神崩溃。我乃驰书正颜相告："为君之计，既不能入学读书，又无适当职业可得，何不早归？"以后遂无音讯。

约半年后，以跳楼自杀闻。只是听人传说，尚未敢信，一九七〇年四月我偕眷旅游纽约，遇师大同学陈达遵先生，经他证实确有此事，而且他和陈慧相当熟识。

莎士比亚的《仲夏夜之梦》第五幕第一景有这样一段：

情人与疯子都是头脑滚热，想入非非，所以能窥见冷静的理智所永不能明察的东西。疯子、情人、诗人，都完全是用想象造成的：一个人若看见比地狱所能容的更多的鬼，那便是疯子；情人，也全是一样的狂妄，在一个吉卜赛女人脸上可以看出海伦的美貌；诗人的眼睛，在灵感的热狂中只消一翻，便可从天堂看到人世，从人世看到天堂。

疯子、情人、诗人，三位一体，如果时运不济，命途迍邅，其结果怎能不酿成悲剧？陈慧天性厚道，而又多愁善感，有诗人的禀赋。但是他的身世仪表地位又不足以使他驰骋情场得心应手，同时性格又不够稳定，容易激动。终于走上绝途，时哉命也！

我手边没有存留他的信笺诗作，现在提笔写他，他的音容，尤其是他的那两只茫然的大眼睛，恍然如在目前。

回首旧游

——纪念徐志摩逝世五十周年

志摩于一九三一年十一月十九日搭乘中国航空公司济南号飞机由南京北上赴平，飞机是一架马力三百五十匹的小飞机，装载邮件四十余磅，乘客仅志摩一人，飞到离济南五十里的党家庄附近，忽遇漫天大雾，触开山山头，滚落山脚之下起火，志摩因而遇难。到今天恰好是五十周年。

志摩家在上海，教书在北京大学，原是胡适之先生的好意安排，要他离开那不愉快的上海的环境，恰巧保君健先生送他一张免费的机票，于是仆仆于平沪之间，而志摩苦矣。死事之惨，文艺界损失之大，使我至今感到无比的震撼。五十年如弹指间，志摩的声音笑貌依然如在目前，然而只是心头的一个影子，其人不可复见。他享年仅三十六岁。天实为之，谓之何哉！

志摩遗骸葬于其故乡硖石东山万石窝。硖石是沪杭线上的一个繁庶的小城，我没有去凭吊过。陈从周先生编徐志摩年谱，附志摩的坟墓照片一帧，坟前有石碑，碑文曰："中华民国三十五年仲冬　诗人徐志摩之墓　张宗祥题"显然是志摩故后十余年所建。张宗祥是志摩同乡，字声阆，曾任浙省教育厅长。几个字写得不俗。如今墓地是否成为长林丰草，或是一片瓦砾，我就不得而知了。

　　志摩的作品有一部分在台湾有人翻印，割裂缺漏之处甚多，应该有人慎重地为他编印全集。一九五九年我曾和胡适之先生言及，应该由他主持编辑，因为他和志摩交情最深。适之先生因故推托。一九六七年张幼仪女士来，我和蒋复璁先生遂重提此事，蒋先生是志摩表弟，对于此事十分热心，幼仪女士也愿意从旁协助，函告其子徐积锴先生在美国搜集资料。一九六八年全集资料大致齐全。传记文学社刘绍唐先生毅然以刊印全集为己任，并聘历史学者陶英惠先生负校勘之责，而我亦乘机审阅全稿一遍。一九六九年全集出版，一九七〇年再版。总算对于老友尽了一点心力，私心窃慰。梁锡华先生时在英伦，搜求志摩的资料，巨细靡遗，于拙编全集之外复得资料不少，吉光片羽，弥足珍贵，成一巨帙《徐志摩诗文补遗》（时报文化公司出版），又著有《徐志摩新传》一书（联经出版），对于徐志摩的研究厥功甚伟，当代研究徐志摩者当推梁锡华先生为巨擘，亦志摩逝世后五十年来第一新得知己也。

　　研究徐志摩者，于其诗文著作之外往往艳谈其离婚结婚之事。其中不免捕风捉影传闻失实之处。我以为婚姻乃个人私事，不宜过分渲染以为谈资。这倒不是完全"为贤者讳"的意思，而是事未易明理未易察，男女之间的关系谲秘复杂，非局外人所易晓。刘心皇先生写过一本书《徐志摩与陆小曼》，态度很严正，资料也很翔实，但是我仍在该书的短序之中提出一点粗浅的意见：

> 徐志摩值得令我们怀念的应该是他的那一堆作品，而不是他的婚姻变故或风流韵事。……
>
> 徐志摩的婚姻前前后后颇多曲折，其中有些情节一般人固然毫无所知，他的较近的亲友们即有所闻亦讳莫如深，不欲多所透露。这也是合于我们中国人"隐恶扬善"和不揭发阴私的道德观念的。所以凡是有关别人的婚姻纠纷，局外人最好是不要遽下论断，因为参考资料不足之故。而徐志摩的婚变，性质甚不平常，我们尤宜采取悬疑的态度。

志摩的谈吐风度，在侪辈中可以说是鹤立鸡群。师长辈如梁启超先生、林长民先生把他当作朋友，忘年之交。和他同辈的如胡适之先生、陈通伯先生更是相交莫逆。比他晚一辈的很多人受他的奖掖，乐与之游。什么人都可做他的朋友，没有人不喜欢他。我曾和他下过围棋，落子飞快，但是隐隐然颇有章法，下了三五十着我感觉到他的压力，他立即推枰而起，拱手一笑，略不计较胜负。他就是这样的一个潇洒的人。他饮酒，酒量不洪，适可而止；他豁拳，出手敏捷，而不咄咄逼人。他偶尔也打麻将，出牌不假思索，挥洒自如，谈笑自若。他喜欢戏谑，从不出口伤人。他饮宴应酬，从不冷落任谁一个。他也进过轮盘赌局，但是从不长久坐定下注。志摩长我六岁，同游之日浅，相交不算深，以我所知，像他这样的一个，当世无双。

今天是他五十周年忌日，回首旧游，不胜感慨。谨缀数言，聊当斗酒只鸡之献。

怀念胡适先生

　　胡先生长我十一岁，所以我从未说过"我的朋友胡适之"，我提起他的时候必称先生，晤面的时候亦必称先生。但并不完全是由于年龄的差异。

　　胡先生早年有一部《留学日记》，后来改名为《藏晖室日记》，内容很大一部分是他的读书札记，以及他的评论。小部分是他私人生活，以及友朋交游的记载。我读过他的日记之后，深感自愧弗如，我在他的那个年龄，还不知道读书的重要，而且思想也尚未成熟。如果我当年也写过一部留学日记，其内容的贫乏与幼稚是可以想见的。所以，以学识的丰俭、见解的深浅而论，胡先生不只是长我十一岁，可以说长我二十一岁、三十一岁，以至四十一岁。

　　胡先生有写日记的习惯。《留学日记》只是个开端，以后的日记更精彩。先生住在上海极斯菲尔路的时候，有一天我和徐志摩、罗努生去看他。胡太太说："适之现在有客，你们先到他书房去等一下。"志摩领头上楼进入他的书房。书房不大，是楼上亭子间，约三四坪，容不下我们三个人坐，于是我们就站在他的书架前面东看看西看看。志摩大叫一声："快来看，我发现了胡大哥的日记！"书架的下层有一尺多高的一叠稿纸，"新月"的稿纸。（这稿纸是胡先生自己定制的，一张十行，行二十五字，边宽格大。胡先生说这样的稿纸比较经济，写错了就撕掉也不可惜。后来这样的稿纸就在新月书店公开发售，有宣纸、毛边两种。我认为很合用，直到如今我仍然使用仿制的这样的稿纸。）胡先生的日记是用毛笔写的，至少我看到的这一部分是毛笔写的，他写得相当工整，他从不写行草，总是一笔一捺的规规矩矩。最令我们惊异的是，除了私人记事之外，他每天剪贴报纸，包括各种新闻在内，因此篇幅多得惊人，兼具时事资料的汇集，这是他的日记一大特色，可说是空前的。酬酢宴席之中的座客一一列举，偶尔也有我们的名字在内。努生就笑着说："得附骥尾，亦可以不朽矣！"我们匆匆看了几页，胡先生已冲上楼来，他笑容满面地说："你们怎可偷看我的日记？"随后他严肃地告诉我们："我生平不治资产，这一部日记将是我留给我的儿子们唯一的遗赠，当然是要在若干年后才能发表。"

我自偷看了胡先生的日记以后，就常常记挂，不知何年何月这部日记才得面世。胡先生回台定居，我为了洽商重印《胡适文存》到南港去看他。我就问起这么多年日记是否仍在继续写。他说并未间断，只是未能继续使用毛笔，也没有稿纸可用，所以改用洋纸本了，同时内容亦不如从前之详尽，但是每年总有一本，现已积得一箱。胡先生原拟那一箱日记就留在美国，胡太太搬运行李时误把一箱日记也带来台湾。胡先生故后，胡先生的一些朋友曾有一次会谈，对于这一箱日记很感难于处理，听说后来又运到美国，详情我不知道。我现在只希望这一部日记能在妥人照料之中，将来在适当的时候全部影印出来，而没有任何窜改增删。

胡先生在学术方面有很大部分精力用在《水经注》的研究上。在北平时他曾经打开他的书橱，向我展示其中用硬纸夹夹着的稿子，凡数十夹，都是《水经注》研究。他很得意地向我指指点点：这是赵一清的说法，这是全祖望的说法，最后是他自己的说法，说得头头是道。我对《水经注》没有兴趣，更无研究，听了胡先生的话，觉得他真是用功读书，肯用思想。我乘间向他提起："先生青年写《庐山游记》，考证一个和尚的墓碑，写了八千多字，登在《新月》上，还另印成一个小册，引起常燕生先生一篇批评，他说先生近于玩物丧志，如今这样研究《水经注》，是否值得？"胡先生说："不然。我是提示一个治学的方法。前人著书立说，我们应该是者是之，非者非之，冤枉者为之辩诬，作伪者为之揭露。我花了这么多力气，如果能为后人指示一个做学问的方法，不算是白费。"胡先生引用佛书上常用的一句话"功不唐捐"，没有功夫是白费的。

我私下里想，功夫固然不算白费，但是像胡先生这样一个人，用这么多功夫做这样的工作，对于预期可能得到的效果，是否成比例，似不无疑问，不止我一个人有这样的想法。

胡先生的思想好像到了晚年就停滞不进。考证《虚云和尚年谱》，研究《水经注》，自有其价值，但不是我们所期望于胡先生的领导群伦的大事业。于此我有一点解释。一个人在一生中有限的岁月里，能做的事究竟不多。真富有创造性或革命性的大事，除了领导者本身才学经验之外，还有时代环境的影响，交相激荡，乃能触机而发，震古烁今。少数人登高一呼，多数人闻风景从。胡先生领导白话文运动，倡导思想自由，弘扬人权思想，均应作如是观。所以我们对于一个曾居于领导地位的人不可期望过奢。胡先生常说"但开风气不为师"。开风气的事，一生能做几次？

胡先生的人品。比他的才学，更令人钦佩。前总统蒋先生在南港胡墓横题四个大字"德学俱隆"是十分恰当的。

胡先生名满天下，但是他实在并不好名。有一年胡先生和马君武、丁在君、罗努生作桂林之游，所至之处，辄为人包围。胡先生说："他们是来看猴子！"胡先生说他实在是为名所累。

胡先生的婚姻常是许多人谈论的题目，其实这是他的私事，不干他人。他结婚的经过，在他《四十自述》里已经说得明白。他重视母命，这是伟大的孝道，他重视一个女子的毕生幸福，这是伟大的仁心。幸福的婚姻，条件很多，而且有时候不是外人所能充分理解的。没有人的婚姻是没有瑕疵的，夫妻胖合，相与容忍，这婚姻便可维持于长久。"五四"以来，社会上有很多知名之士，视糟糠如敝屣，而胡先生没有走上这条路。我们敬佩他的为人，至于许许多多琐琐碎碎的捕风捉影之谈，我们不敢轻信。

大凡真有才学的人，对于高官厚禄可以无动于衷，而对于后起才俊则无不奖爱有加。梁任公先生如此，胡先生亦如此。他住在米粮库的那段期间，每逢星期日"家庭开放"，来者不拒，经常是高朋满座，包括许多慕名而来的后生。这表示他不仅好客，而且于旧雨今雨之外还隐隐然要接纳一帮后起之秀。有人喜欢写长篇大论的信给他，向他请益，果有一长可取，他必认真作答，所以现在有很多人藏有他的书札。他借频繁的通信认识了一些年轻人。

大约二十年前，由台湾到美国去留学进修是相当困难的事，至少在签证的时候两千美元存款的保证就很难筹措。胡先生有一笔款，前后贷给一些青年助其出国，言明希望日后归还，以便继续供应他人。有人问他为什么要这样做，他说："这是获利最多的一种投资。你想，以有限的一点点的钱，帮个小忙，把一位有前途的青年送到国外进修，一旦所学有成，其贡献无法计量，岂不是最划得来的投资？"他这样做，没有一点私心。我且举一例。师范大学有一位理工方面的助教，学业成绩异常优秀，得到了美国某大学的全份奖学金，就是欠缺签证保证，无法成行。理学院长陈可忠先生、校长刘白如先生对我谈起，我就建议由我们三个联名求助于胡先生。就凭我们这一封信，胡先生慨然允诺，他回信说：

> 可忠、白如、实秋三兄：
>
> 　　示悉。×××君事，理应帮忙，今寄上Cashier's check一张，可交×××君保存。签证时此款即可生效。将来他到了学校，可将此款由当地银行取出，存入他自己名下，便中用他自己的支票寄还我。
>
> 　　匆匆敬祝
>
> 大安
>
> 　　　　　　　　弟适之　一九五五、六、十五

　　像这样近于仗义疏财的事他做了多少次，我不知道。我相信，受过他这样提携的人会永久感念他的恩德。

　　胡先生喜欢谈谈政治，但是无意仕进。他最多不过提倡人权，为困苦的平民抱不平。他讲人权的时候，许多人还讥笑他，说他是十八世纪的思想，说他讲的是崇拜天赋人权的陈腐思想。人权的想法是和各种形式的独裁政治格格不入的。在这一点上，胡先生的思想没有落伍，依然是站在时代的前端。他不反对学者从政，他认为好人不出来从政，政治如何能够清

明？所以他的一些朋友走入政界，他还鼓励他们，只是他自己不肯踏上仕途。他自己知道他不是做政治家的材料。我记得有些人士想推他领导一个政治运动，他谦逊不惶地说："我不能做实际政治活动。我告诉你，我从小是生长于妇人之手。"这句话是什么意思？生长于妇人之手，是否暗示养成"妇人之仁"的态度？是否指自己胆小，不够心狠手辣？当时看他说话的态度十分严肃，大家没好追问下去。

抗战军兴，国家民族到了最后关头，他奉派为驻美大使。他接受了这个使命。政府有知人之明，他有临危受命的勇气。没有人比他更适合于这个工作，而在他是不得已而为之。数年任内，仆仆风尘，做了几百次讲演，心力交瘁。大使有一笔特支费，是不需报销的。胡先生从未动用过一文，原封缴还国库，他说："旅行演讲有出差交通费可领，站在台上说话不需要钱，特支何为？"像他这样廉洁，并不多见，以我所知，罗文干先生做外交部长便是一个不要特支费的官员。此种事鲜为外人所知，即使有人传述，亦很少有人表示充分的敬意，太可怪了。

我认识胡先生很晚，亲炙之日不多，顶多不过十年，而且交往不密，连师友之间的关系都说不上，所以我没有资格传述先生盛德于万一。不过在我的生活回忆之中也有几件有关系的事值得一提。

一桩事是关于莎士比亚的翻译。我从未想过翻译莎士比亚，觉得那是非常艰巨的事，应该让有能力的人去做。我在清华读书的时候，读过《哈姆雷特》《朱利阿斯·西撒》等几个戏，巢堃林教授教我们读魁勒·考赤的《莎士比亚历史剧本事》。在美国读书的时候上过哈佛的吉退之教授的课，他教我们读了《马克白》与《亨利四世上篇》，同时看过几部莎氏剧的上演。我对莎士比亚的认识仅此而已。翻译四十本莎氏全集是想都不敢想的事。一九三〇年底，胡先生开始任事于中华教育文化基金董事会（即美国庚款委员会）的翻译委员会，他一向热心于翻译事业，现在有了基金会支持，他就想规模地进行。约五年之内出版了不少作品，包括关琪桐先生译的好几本哲学书，如培根的《新工具》等，罗念生先生译的希腊戏剧数种，张谷若先生译的哈代小说数种，陈绵先生译的法国戏剧数种，还有我译的莎士比亚数种。如果不是日寇发动侵略，这个有计划而且认真的翻译工作会顺利展开，可惜抗战一起这个工作暂时由张子高先生负责了一个简略时期之后便停止了。

胡先生领导莎士比亚翻译工作的经过，我毋庸细说，我在这里公开胡先生的几封信，可以窥见胡先生当初如何热心发动这个工作。原拟五个人担任翻译，闻一多、徐志摩、叶公超、陈西滢和我，期以五年十年完成，经费暂定为五万元。我立刻就动手翻译拟一年交稿两部。没想到另外四位始终没有动手，于是这工作就落在我一个人头上了。在抗战开始时我完成了八部，四部悲剧四部喜剧，抗战期间又完成了一部历史剧，以后拖拖拉拉三十年终于全集译成。胡先生不是不关心我的翻译，他曾说在全集译成之时他要举行一个盛大酒会，可惜全集译成开了酒会之时，他已逝世了。有一次他从台北乘飞机到美国去开会，临行前他准备带几本书在飞行中阅读。那时候我译的《亨利四世下篇》刚好由明华书局出版不久，他就选了这本书作为他的空中读物的一部分。他说："我要看看你的译本能不能令我一口气读下去。"胡先生是最讲究文字清楚明白的，我的译文是否够清楚明白，我不敢说，因为莎士比亚的文字有时候也够艰涩的。以后我没得机会就这件事向胡先生请教。

领导我、鼓励我、支持我，使我能于断断续续三十年间完成莎士比亚全集的翻译者，有三个人：胡先生、我的父亲、我的妻子。

另一桩事是胡先生于一九三四年约我到北京大学去担任研究教授兼外文系主任。北大除了教授名义之外，还有所谓名誉教授与研究教授的名义，名誉教授是对某些资深教授的礼遇，固无论矣，所谓研究教授则是胡先生的创意，他想借基金会资助吸收一些比较年轻的人到北大，作为生力军，新血轮，待遇比一般教授高出四分之一，授课时数亦相当减少。原有的教授之中也有一些被聘为研究教授的。我在青岛教书，已有四年，原无意他往，青岛山明水秀，民风淳朴，是最宜于长久居住的地方。承胡先生不弃，邀我去北大，同时我的父母也不愿我久在外地，希望我回北平住在一起。离青岛去北平，弃小家庭就大家庭，在我是一个很重大的决定，然而我毕竟去了。只是胡先生对我的期望过高，短期间内能否不负所望实在没有把握。我现在披露胡先生的几封信札，我的用意在说明胡先生主北大文学院时的一番抱负。胡先生的做法不是没有受到讥诮，我记得那一年共阅入学试卷的时候，就有一位年龄与我相若的先生故意地当众高声说："我这个教授是既不名誉亦不研究！"大有愤愤不平之意。

胡先生，和其他的伟大人物一样，平易近人。"温而厉"是最好的形容。我从未见过他大发雷霆或是盛气凌人。他对待年轻人、属下、仆人，永远是一副笑容可掬的样子。就是遭遇到挫折侮辱的时候，他也不失其常。"其心休休然，其如有容。"

一九六○年七月美国华盛顿大学得福德基金会之资助在西雅图召开学术会议，出席的人除胡先生外还有钱思亮、毛子水、徐道邻、李先闻、彭明敏和我以及其他几个人。最后一次集会之后，胡先生私下里掏出一张影印的信件给我看。信是英文（中国式的英文）写的，由七八个人署名，包括立法委员、大学教授、专科校长，是写给华盛顿大学校长欧第嘉德的，内容大致说胡适思想与中国传统文化大相剌谬，更不足以言中国文化云云。我问胡先生如何应付，他说"给你看看，不要理他。"我觉得最有讽刺性的一件事是，胡先生在台北起行前之预备会中，经公推发表一篇开幕演讲词，胡先生谦逊不遑，他说不知说什么好，请大家提供意见，大家默然。我当时想起胡先生平素常说他自己不知是专攻哪一门，勉强地说可以算是研究历史的。于是我就建议胡先生就中国文化传统作一概述，再阐说其未来。胡先生居然首肯。在正式会议上发表一篇极为精彩的演说。原文是英文，但是一九六〇年七月二十一日在《中央日报》有中文翻译，连载三天。题目就是《中国之传统与将来》。译文是胡先生的手笔，抑是由别人翻译，我不知道。此文在教育资料馆《教育文摘》第五卷第七八号《东西文化交流》专辑又转载过一次。恐怕看过的人未必很多。此文也可以说是胡先生晚年自撰全部思想的一篇概述。他对中国文化传统有客观地叙述，对中国文化之未来有乐观地展望。无论如何，不能说胡先生是中国传统的叛徒。

在上海的时候，胡先生编了一本《宋人评话》，亚东出版，好像是六种，其中一种述说海陵王荒淫无道，当然涉及猥亵的描写，不知怎样的就被巡捕房没收了。胡先生很不服气，认为评话是我国小说史中很重要的一环，历代重要典藏均有著录，而且文学作品涉及性的叙说也是寻常事，中外皆然，不足为病。因而他去请教律师郑天锡先生，郑先生说："没收是不合法的，如果刊行此书犯法，先要追究犯法的人，处以应得之罪，然后才能没收书刊，没收是附带的处分。不过你若是控告巡捕房，恐怕是不得直的。"于是胡先生也就没有抗辩。

有一天我们在胡先生家里聚餐，徐志摩像一阵旋风似的冲了进来，抱着一本精装的厚厚的大书。是德文的色情书，图文并茂。大家争着看，胡先生说："这种东西，包括改七芗、仇十洲的画在内，都一览无遗，不够趣味。我看过一张画，不记得是谁的手笔，一张床，垂下了芙蓉帐，地上一双男鞋，一双红绣鞋，床前一只猫蹲着抬头看帐钩。还算有一点含蓄。"大家听了为之粲然。我提起这桩小事，说明胡先生尽管是圣人，也有他的轻松活泼的一面。

酒中八仙
——记青岛旧游

杜工部早年写过一首《饮中八仙歌》，章法参差错落，气势奇伟绝伦，是一首难得的好诗。他所谓的饮中八仙，是指他记忆所及的八位善饮之士，不包括工部本人在内，而且这八位酒仙并不属于同一辈分，不可能曾在一起聚饮。所以工部此诗只是就八个人的醉趣分别加以简单描述。我现在所要写的酒中八仙是一九三〇年到一九三四年间我的一些朋友，在青岛大学共事的时候，在一起宴饮作乐，酒酣耳热，一时忘形，乃比附前贤，戏以八仙自况。青岛是一个好地方，背山面海，冬暖夏凉，有整洁宽敞的市容，有东亚最佳的浴场，最宜于家居。唯一的缺憾是缺少文化背景，情调稍嫌枯寂。故每逢周末，辄聚饮于酒楼，得放浪形骸之乐。

我们聚饮的地点，一个是山东馆子顺兴楼，一个是河南馆子厚德福。顺兴楼是本地老馆子，属于烟台一派，手艺不错，最拿手的几样菜如爆双脆、锅烧鸡、氽西施舌、酱汁鱼、烩鸡皮、拌鸭掌、黄鱼水饺……都很精美。山东馆子的跑堂一团和气，应对之间不失分际。对待我们常客自然格外周到。厚德福是新开的，只因北平厚德福饭庄老掌柜陈莲堂先生听我说起青岛市面不错，才派了他的长子陈景裕和他的高徒梁西臣到青岛来开分号。我记得我们出去勘察市面，顺便在顺兴楼午餐，伙计看到我引来两位生客，一身油泥，面带浓厚的生意人的气息，心里就已起疑。梁西臣点菜，不假思索一口气点了四菜一汤，炒辣子鸡（去骨）、炸肫（去里儿）、清炒虾仁……伙计登时感到来了行家，立即请掌柜上楼应酬，恭恭敬敬地问："请问二位宝号是在哪里？"我们乃以实告。此后这两家饭馆被公认为是当地巨擘，不分瑜亮。厚德福自有一套拿手，例如清炒或黄焖鳝鱼、瓦块鱼、鱿鱼卷，琵琶燕菜、铁锅蛋、核桃腰、红烧猴头……都是独门手艺，而新学的焖炉烤鸭也是别有风味的。

　　我们轮流在这两处聚饮，最注意的是酒的品质。每夕以罄一坛为度。两个工人抬三十斤花雕一坛到二三楼上，当面启封试尝，微酸尚无大碍，最忌的是带有甜意，有时要换两三坛才得中意。酒坛就放在桌前，我们自行舀取，以为那才尽兴。我们喜欢用酒碗，大大的浅浅的，一口一大碗，痛快淋漓。对于菜肴我们不大挑剔，通常是一桌整席，但是我们也偶尔别出心裁，例如：普通以四个双拼冷盘开始，我有一次做主换成

113

二十四个小盘，把圆桌面摆得满满的，要精致，要美观。有时候，尤其是在夏天，四拼盘换为一大盘，把大乌参切成细丝放在冰箱里冷藏，上桌时浇上芝麻酱、三合油和大量的蒜泥，是一个很受欢迎的冷荤，比拌粉皮高明多了。吃铁锅蛋时，赵太侔建议外加一元钱的美国干酪（cheese），切成碎末打搅在内，果然气味浓郁不同寻常，从此成为定例。酒酣饭饱之后，常是一大碗酸辣鱼汤，此物最能醒酒，好像宋江在浔阳楼上酒醉题反诗时想要喝的就是这一味汤了。

酒从六时喝起，一桌十二人左右，喝到八时，不大能喝酒的约三五位就先起身告辞，剩下的八九位则是兴致正豪，开始宽衣攘臂，猜拳行酒。不作拇战，三十斤酒不易喝光。在大庭广众的公共场所，扯着破锣嗓子"鸡猫子喊叫"实在不雅。别个房间的客人都是这样放肆，入境只好随俗。

这一群酒徒的成员并不固定，四年之中也有变化，最初是闻一多环顾座上共有八人，一时灵感，遂曰："我们是酒中八仙！"这八个人是：杨振声、赵畸、闻一多、陈命凡、黄际遇、刘康甫、方令孺和区区我。既称为仙，应有仙趣，我们只是沉湎曲蘖的凡人，既无仙风道骨，也不会白日飞升，不过大都端起酒杯举重若轻，三斤多酒下肚尚能不及于乱而已。其中大多数如今皆已仙去，大概只有我未随仙去落人间。往日宴游之乐不可不记。

杨振声字金甫，后嫌金字不雅，改为今甫，山东蓬莱人，比我大十岁的样子。五四初期，写过一篇中篇小说《玉君》，清丽脱俗，惜从此搁笔，不再有所著作。他是北大国文系毕业，算是蔡孑民先生的学生。青岛大学筹备期间，以蔡先生为筹备主任，实则今甫独任艰巨。蔡先生曾在大学图书馆侧一小楼上偕眷住过一阵，为消暑之计。国立青岛大学的门口的竖匾，就是蔡先生的亲笔。胡适之先生看见了这个匾对我们说，他曾问过蔡先生："凭先生这一笔字，瘦骨嶙峋，在那时代殿试大卷讲究黑大圆光，先生如何竟能点了翰林？"蔡先生从容答道："也许那几年正时兴黄山谷的字吧。"今甫做了青岛大学校长，得到蔡先生写匾，是很得意的一件事。今甫身材修伟，不愧为山东大汉，而言谈举止蕴藉风流，居恒一袭长衫，手携竹杖，意态潇然。鉴赏字画，清谈亹亹。但是一杯在手则意气风发，尤嗜拇战，入席之后往往率先打通关一道，音容并茂，咄咄逼人。赵瓯北有句："骚坛盟敢操牛耳，拇阵轰如战虎牢。"今甫差足以当之。

赵畸，字太侔，也是山东人，长我十二岁，和今甫是同学。平生最大特点是寡言笑。他可以和客相对很久很久一言不发，使人莫测高深。我初次晤见他是在美国波士顿，时一九二四年夏，我们一群中国学生排演《琵琶记》，他应邀从纽约赶来助阵。他未来之前，闻一多先即有函来，说明太侔之为人，犹金人之三缄其口，幸无误会。一见之后，他果然是无多言。预演之夕，只见他攘臂挽袖，运斤拉锯制作布景，不发一语。莲池大师云："世间醿醢醇醴，藏之弥久而弥美者，皆繇封锢牢密不泄气故。"太侔就是才华内蕴而封锢牢密。人不开口说话，佛亦奈何他不得。他有相当酒量，也能一口一大盅，但是他从不参加拇战。他写得一笔行书，绵密有致。据一多告我，太侔本是一个衷肠激烈的人，年轻的时候曾经参加革命，掷过炸弹，以后竟变得韬光养晦沉默寡言了。我曾以此事相询，他只是笑而不答。他有妻室儿子，他家住在北平宣外北椿树胡同，他秘不告人，也从不回家，他甚至原籍亦不肯宣布。庄子曰："畸人者，畸于人而侔于天。"疏曰："畸者不耦之名也，修行无有，而疏外形体，乖异人伦，不耦于俗。"怪不得他名畸字太侔。

闻一多，本名多，以字行，湖北蕲水人，是我清华同学，高我两级。他和我一起来到青岛，先赁居大学斜对面一座楼房的下层，继而搬到汇泉海边一座小屋，后来把妻小送回原籍，住进教职员第八宿舍，两年之内三迁。他本来习画，在芝加哥作素描一年，在科罗拉多习油画一年，他得到一个结论：中国人在油画方面很难和西人争一日之长短，因为文化背景不同。他放弃了绘画，专心致力于我国古典文学之研究，至于废寝忘食，埋首于故纸堆中。这期间他有一段恋情，因此写了一篇相当长的白话诗，那一段情没有成熟，无可奈何地结束了，而他从此也就不再写诗。他比较器重的青年，一个是他国文系的学生臧克家，一个是他国文系助教陈梦家。这两位都写新诗，都得到一多的鼓励。一多的生活苦闷，于是也就爱上了酒。他酒量不大，而兴致高。常对人吟叹："名士不必须奇才，但使常得无事，痛饮酒，熟读《离骚》，便可称名士。"他一日薄醉，冷风一吹，昏倒在尿池旁。抗战胜利后因危言贾祸，死于非命。

陈命凡，字季超，山东人，任秘书长，精明强干，为今甫左右手。豁起拳来，出手奇快，而且嗓音响亮，往往先声夺人，常自诩为山东老拳。关于拇战，虽小道亦有可观。一九二六年，我在国立东南大学教书，同事中之酒友不少，与罗清生、李辉光往来较多，罗清生最精于猜拳，其术颇为简单，唯运用纯熟则非易事。据告其诀窍在于知己知彼。默察对方惯有之路数，例如一之后常为二，二之后常为三，余类推。同时变化自己之路数，不使对方捉摸。经此指点，我大有领悟。我与季超拇战常为席间高潮，大致旗鼓相当，也许我略逊一筹。

刘本钊，字康甫，山东蓬莱人，任会计主任，小心谨慎，恂恂君子。患严重耳聋，但亦嗜杯中物。因为耳聋关系，不易控制声音大小，拇战之时呼声特高，而对方呼声，他不甚了了，只消示意令饮，他即听命倾杯。一九四九年来台湾省，曾得一晤，彼时耳聋益剧，非笔谈不可，据他相告，他曾约太侔和刘次萧（大学训导长）一同搭船逃离青岛，不料他们二人未及登船即遭逮捕，事后获悉二人均遭枪决，太侔至终未吐一语。我写下这样几个字："难道李云鹤（即江青）受他多年资助，未加援手耶？"只听康甫长叹一声，摇摇头，振笔疾书四个大字："恩将仇报！"我们相对无言，唯有太息。此后我们未再见面，不久听说他抑郁以终。

方令孺是八仙中唯一女性，安徽桐城人，在国文系执教兼任女生管理。她有咏雪才，惜遇人不淑，一直过着独身生活。台湾洪范书店曾搜集她的散文作品编为一集出版，我写了一篇短序。在青岛她居留不太久，好像是两年之后就离去了。后来我们在北碚异地重逢，比较来往还多些。她一向是一袭黑色旗袍，极少的时候薄施脂粉，给人一派冲淡朴素的印象。在青岛的期间，她参加我们轰饮的行列，但是从不纵酒，刚要"朱颜酡些"的时候就停杯了。数十年来我没有她的消息，只是在一九六四年七月七日《联合报——幕前冷语》里看到这样一段简讯：

> 方令孺蟠然白发，早不执教复旦，在那血气方刚的红色路上漫步，现任浙江作者协会主席，忙于文学艺术的联系工作。
>
> 老来多梦，梦里河山是她私人嗜好的最高发展，跑到砚台山中找好砚去了，因此梦中得句，写在第二天的默忆中："诗思满江国，涛声夜色寒。何当沽美酒，共醉砚台山。"

这几句话写得迷离惝恍，不知砚台山寻砚到底是真是幻。不过诗中有"何当沽美酒"之语，大概她还未忘情当年酒仙的往事吧？如今若是健在，应该是八十以上的人了。

黄际遇，字任初，广东澄海人，长我十七八岁，是我们当中年龄最大的一位。他做过韩复榘主豫时的教育厅长，有宦场经验，但仍不脱名士风范。他永远是一件布衣长袍，左胸前缝有细长的两个布袋，正好插进两根铅笔。他是学数学的，任理学院长，闻一多离去之后兼文学院长。嗜象棋，曾与国内高手过招，有笔记簿一本置案头，每次与人棋后辄详记全盘招数，而且能偶然不用棋盘棋子，凭口说进行棋赛。又治小学，博闻多识。他住在第八宿舍，有潮汕厨师一名，为治炊膳，烹调甚精。有一次约一多和我前去小酌，有菜二色给我印象甚深，一是白水余大虾，去皮留尾，余出来虾肉白似雪，虾尾红如丹；一是清炖牛鞭，则我未愿尝试。任初每日必饮，宴会时捋战兴致最豪，嗓音尖锐而常出怪声，狂态可掬。我们饮后通常是三五辈在任初领导之下去作余兴。任初在澄海是缙绅大户，门前横匾大书"硕士第"三字，雄视乡里。潮汕巨商颇有几家在青岛设有店铺，经营山东土产运销，皆对任初格外敬礼。我们一行带着不同程度的酒意，浩浩荡荡地于深更半夜去敲店门，惊醒了睡在柜台上的伙计们，赤身裸体地从被窝里钻出来（北方人虽严冬亦赤身睡觉）。我们一行一溜烟地进入后厅。主人热诚招待，有变婉小童伺候茶水兼代烧烟。先是以工夫茶飨客，红泥小火炉，炭火煮水沸，浇灌茶具，以小盅奉茶，三巡始罢。然后主人肃客登榻，一灯如豆，有兴趣者可以短笛无腔信口吹，亦可突突突突有板有眼。俄而酒意已消，乃称谢而去。

任初有一次回乡过年，带回潮州蜜柑一篓，我分得六枚，皮薄而松，肉甜而香，生平食柑，其美无过于此者。抗战时任初避地赴桂，胜利还乡，乘舟沿西江而下，一夕在船上如厕，不慎滑落江中，月黑风高，水深流急，遂遭没顶。

酒中八仙之事略如上述。

此后，校中虽然平安无事，宴饮之风为之少杀。偶然一聚的时候有新的分子参加，如赵铭新、赵少侯、邓初等。我在青岛的旧友不止此数，多与饮宴无关，故不及。

闻一多在珂泉

　　闻一多在一九二二年出国，往芝加哥美术学院学习绘画。对于到外国去，闻一多并不怎样热心。那时候，他是以诗人和艺术家自居的，而且他崇拜的是唯美主义。他觉得美国的物质文明尽管发达，那里的生活未必能适合他的要求。对于本国的文学艺术，他一向有极浓厚的兴趣。他对我说过，他根本不想到美国去，不过既有这么一个机会，走一趟也好。

　　一多在船上写了一封信来，他说：

　　　　我在这海上漂浮的六国饭店里笼着，物质的供奉奢华极了，但是我的精神乃在莫大的压迫之下。我初以为渡海的生涯定是很沉寂、幽雅、辽阔的；我在未上船以前，时时想着在汉口某客栈看见的一幅八仙渡海的画，又时时想着郭沫若君的这节诗——

无边天海呀！

一个水银的浮沤！

上有星汉湛波，

下有融晶泛流，

正是有生之伦睡眠时候。

我独披着件白孔雀的羽衣，

遥遥的，遥遥的，

在一只象牙舟上翘首。

　　但是既上船后，大失所望。城市生活不但是陆地的，水上也有城市生活。我在烦闷时愈加渴念我在清华的朋友。这里竟连一个能与谈话的人都找不着。他们不但不能同你讲话，并且闹得你起坐不宁。走到这里是"麻雀"，走到那里又是"五百"，散步他拦着你的道路，静坐他扰乱你的思想。我的诗兴被他们戕害到几乎等于零，到了日本海峡及神户之布引泷等胜地，我竟没有半句诗的赞叹讴歌。不是到了胜地一定得作诗，但是胜地若不能引起诗兴，商店工厂还能吗？……

　　他到了美国之后，八月十四日自芝加哥写的一封信，首尾是这样的：

　　在清华时，实秋同我谈话，常愁到了美国有一
天被碾死在汽车轮下。我现在很欢喜地告诉他，我
还能写信证明现在我还没有碾死。但是将来死不死
我可不敢担保。

　　……

　　啊！我到芝加哥才一个星期，我已厌恶这生
活了！

　　一多在芝加哥的生活相当无聊，学画画是些石膏素描，顶
多画个人体，油画还谈不上。图画最要紧的是这一段苦功，但
是这与一多的个性不能适合。他在九月十九日来信说：

实秋：

　　阴雨终朝，清愁如织；忽忆放翁"欲知白日飞
升法，尽在焚香听雨中"之句，即起焚香，冀以
"雅"化此闷雨。不料雨听无声，香焚不燃，未免
大扫兴会也。灵感久渴，昨晚忽于枕上有得，难穷
落月之思，倘荷骊珠之报？近复细读昌黎，得笔记
累楮盈寸，以为异日归国躬耕砚田之资本耳。草此。
借候文安。

　　可见他对于中国文学未能忘情。他于翌年二月十五日来

123

信说：

> 我不应该做一个西方的画家，无论我有多少的
> 天才！我现在学西方的绘画是为将来做一个美术批
> 评家。我若有所创作，定不在纯粹的西画里。但是
> 我最希望的是做一个艺术的宣道者，不是艺术的创
> 造者。

可见他对于绘画之终于不能专心，是早已有了预感，又因
为青春时期只身远游，感触亦多，他不能安心在芝加哥再住下
去。他于五月二十九日来信说：

> 芝加哥我也不想久居。本想到波士顿，今日接
> 到你的信，忽又想起陪你上Colorado住个一年半载，
> 也不错。你不反对吧？

我想他既要学画，当然应该在芝加哥熬下去。虽然我也很
希望他能来珂泉和我一起读书，但是我并不愿妨碍他的图画的
学习。所以我并不鼓励他到珂泉来。

我在一九二三年秋到了珂泉（Colorado Springs），这是一
座西部的小城，有一个大学在此地，在一些西部小规模的大学
里，这算是比较好的一个。这里的风景可太好了，因为这城市

就在落基山下，紧靠在那终年积雪的派克斯峰的脚下，到处是风景区。我到了这里之后，买了十二张风景片寄给一多，我的意思只是报告他我已到了此地，并且用这里的风景片挠他一下。没想到，没过一个星期的工夫，一多提着一只小箱子来了。

一多来到珂泉，是他抛弃绘画专攻文学的一个关键。

珂罗拉多大学有美术系，一多是这系里唯一的中国人。系主任利明斯女士，姊妹两个一个教画，一个教理论。美国西部人士对于中国学生常有好感，一多的天才和性格都使他立刻得到了利明斯女士的赏识。我记得利明斯有一次对我说："密斯脱闻真是少有的艺术家，他的作品先不论，他这个人就是一件艺术品，你看他脸上的纹路，嘴角上的笑，有极完美的节奏！"一多的脸是有些线条，显然节奏我不大懂。一多在这里开始画，不再画素描，却画油彩了。他的头发养得很长，披散在头后，黑领结，那一件画室披衣，东一块红，西一块绿，水渍油痕到处皆是，揩鼻涕、抹桌子、擦手、御雨，全是它。一个十足的画家！

我们起先在一个人家里各租一间房。房东是报馆排字工人，昼伏夜出，我们过了好几个月才知道他的存在，房东太太和三个女儿天天和我们一桌上吃饭。这一家人待我们很好，但都是庸俗的人。更庸俗的是楼上另外两个女房客，其中一个是来此养病的纽约电话接线生，异性的朋友很多，里面有一位还是我们中国学生，几乎每晚拿着一只吹奏喇叭来奏乐高歌，有时候还要跳舞。于是我们搬家。为了省钱，搬到学校宿舍海格曼楼。这是一座红石建的破败不堪的楼房，像是一座堡垒。吃饭却成了问题。有时候烧火酒炉子煮点咖啡或清茶，买些面包，便可充饥。后来胆子渐渐大了，居然也可炒木樨肉之类。有一次一多把火酒炉打翻，几乎烧着了窗帘，他慌忙中燃了头发、眉毛，烫了手。又有一次自己煮饺子，被人发现，管理员来干涉了，但见我们请他吃了一个之后，他不说话了，直说好吃。他准许我们烧东西吃，但规模不可太大。

一多和我的数学根底原来很坏，大学一定要我们补修，否则不能毕业。我补修了，一多却坚持不可。他说不毕业没有关系，却不能学自己所不愿学的课程。我所选的课程有一门是"近代诗"，一共讲二十几个诗人的代表作品。还有一门是"丁尼孙与伯朗宁"。一多和我一同上课。他在这两门课程里得到很大的益处。教授戴勒耳先生是很称职的，他的讲解很精湛。一多的《死水》，在技术方面很得力于这时候的学习。在节奏方面，一多很欣赏吉伯林，受他的影响不小。在情趣方面，他又沾染了哈代与霍斯曼的风味。我和一多在这两门功课上感到极大兴趣，上课听讲，下课自己阅读讨论。一多对于西洋文学的造诣，当然不止于此，但正式的有系统的学习是在此时打下一些根基。

我们在学校里是被人注意的，至少我们的黄色的脸便令人觉得奇怪。有一天，学生赠的周刊发现了一首诗，题目是 *The Sphinx*，作者说我们中国人的脸沉默而神秘，像埃及人首狮身的怪物，他要我们回答他，我们是在想些什么。这诗并无恶意，但是我们要回答，我和一多各写了一首小诗登在周刊上。这虽是学生时代的作品，但是一多这一首写得不坏，全校师生以后都对我们另眼看待了。一多的诗如下：

ANOTHER"CHINEE"ANSWERING

My face is Sphinx-like,

It puzzles you, you say,

You wish that my lips were articulate,

You demand my answer.

But what if my words are riddles to you?

You who would not sit down

To empty a cup of tea with me,

With slow, graceful，intermittent sips,

Who would not set your thoughts afloat

On the reeling vapors

Of a brimming tea-cup, placid and clear

You who are so busy and impatient

Will not discover my meaning.

Even my words might be riddles to you,

So I choose to be silent.

But you hailed to me,

I love your child-like voice,

Innocent and half-bashful,

We shall be friends.

Still I choose to be silent before you.

In silence I shall bear you

The best of presents.

I shall bear you a jade tea-cup,

Translucent and thin,

Green as the dim light in a bamboo grove;

I shall bear you an embroidered gown

Charged with strange, sumptuous designs.

Harlequin in lozenges,

Bats and butterflies,

Golden-bearded, saintly dragons

Braided into irridescent threads of dream;

I shall bear you sprays

Oi peach-blossoms, plum-blossoms, pear-blossouse;

I shall bear you silk-bound books

In square, grotesque characters.

Silently and with awe

I shall bear you the best of presents.

Through the companion with my presents

You will know me

You will know cunning,

Vice, Or wisdom only.

But my words might be riddles to you,

So I choose to be silent.

　　一多画画一直没有停，有一天利明斯教授告诉他纽约就要举行一年一度的画展，选择是很严的，劝他参加。一多和我商量，我也怂恿他加入竞赛。一多无论做什么事，不做便罢，一做便忘寝废食。足足有一个多月，他锁起房门，埋头苦干，就是吃饭也是一个人抽空溜出去，如中疯魔一般地画。大致画完了才准我到他屋里去品评。有一幅人物，画的是一个美国侦探，非常有神。还缺少一张风景画。我建议由我开车送他到山上去写生。他同意了。

　　一清早，我赁到一辆车，带着画具、食品，兴高采烈地上山了。这是我学会开车后的第三天，第一次上山，结果如何是可以想见的。先到了"仙园"，高大的红石笋矗立着，那风景不是秀丽，也不是雄伟，是诡怪。我们向着曼尼图公园驶去，越走越高，忽然走错了路，走进了一条死路，尽头处是巉岩的绝崖，路是土路，有很深的辙，只好向后退。两旁是幽深的山涧，我退车的时候手有些发抖。訇的一声，车出了辙，斜岔着往山涧里溜下去了，只听得耳边风呼呼地响，我已经无法控制，一多大叫。忽然"咯喳"一声车停了，原来是车被两棵松树夹住了。我们往下看，乱石飞泉，令人心悸。车无法脱险，因为坡太陡。于是我们爬上山，老远看见一缕炊烟，跑过去一看，果然有人，但是，他说西班牙语，戴着宽边大帽，腰上挂一圈绳。勉强做手势达意之后，这西班牙人随着我们去查看，他笑了。他解下腰间的绳子一端系在车上，一端系在山上一棵大树上。我上车开足马力，向上走一尺，他和一多就掣着绳子拉一尺，一尺一尺地车上了大路，西班牙人和我们点点头就走了，但是我再不敢放胆开车，一多的画兴也没有了，我们无精打采地回去了。

风景何必远处求？学校宿舍旁边就很好，正值雪后，一多就临窗画了一幅雪景，他新学了印象派画法，用碎点，用各种颜色代替阴影。这一幅画很精彩。

一共画了十几幅，都配了框，装箱，寄往纽约。在这时候，一多给我画了一张像，他立意要画出我的个性，也要表示他手底的腕力，他不用传统的画法，他用粗壮的笔调大勾大抹，嘴角撇得像瓢似的，表示愤世嫉俗的意味，头发是葱绿色，像公鸡尾巴似的竖立着，这不知是表现什么。这幅像使他很快意。我带回国，家里孩子们看着害怕，后来就不知怎样丢掉了。

纽约的回信来了，只有美国侦探那幅画像得了一颗银星，算是"荣誉的提名"，其他均未入选。这打击对于一多是很严重的。以我所知，一多本不想做画家，但抛弃绘画的决心是自此时始。他对我讲过，中国人画西洋画，很难得与西方人争一日之短长。因为我们的修养、背景、性格全受了限制。实在是的，我们中国人习西洋画的，成功者极少，比较成功的往往后来都改画中国画了。其实这不仅于绘画为然，即以文学而论，学习西洋文学的人不也是很多人终于感到彷徨而改走中国文学的道路吗？所以一多之完全抛弃西画，虽然是由于这一次的挫折，其实以他那样的性格与兴趣，即使不受挫折，我相信他也会改弦易辙的，不过是时间的早晚而已。

我和一多在珂泉整整住了一年。暑假过后，我到波士顿去，他到纽约去。临别时我送了他一只珐琅的香炉，他送了我一部霍斯曼的诗集。

悼念余上沅

　　余上沅先生毕生尽瘁于戏剧运动，和我有数十年的交情，大陆变色之后遂无音讯。他的门生故旧在此地者，也都不知其情况。年前，有人访问大陆，我托带短笺问候起居，很久之后得到上沅夫人陈衡粹女士的回信，才知道上沅已于一九七〇年四月三十日"以食道癌及体力枯竭死去"。数十年间，山川阻隔，彼此生死不明，悠悠苍天，人间何世！

　　上沅，湖北沙市人，生于民国前十五年十月四日。家世清寨，父为布店店员。七岁在邻塾附读启蒙，十三岁入余鸿昌布店为学徒。十五岁离家出走，考入武昌文华书院，苦读八年。

　　"五四"前后，积极参加学生运动，奔走于上海、北平之间。民国九年入北大英文系读书，十一年毕业，以同乡王芳荃先生（时任清华教务处注册主任）之介进入清华教务处为职员。我在这个时候认识了上沅。这时候我尚未在清华毕业，我们办的《清华周刊》偶有《文艺增刊》，上沅也曾惠赐过稿件。

　　清华是一个特殊的学校，因为是一个留美预备学校的性质，上午各课全是以英语讲授，下午各课则是中文课程。下午各课不计成绩，与毕业无关，国文史地不及格照样出国，所以下午的课不被重视。我对这现象深致不满。上沅在教务处的工作也嫌其烦琐，有意在高等科下午开一班翻译课，两小时选修性质。我首先赞成，邀集三五同学选修，于是开班上课。翻译没有什么好教的，学期终了各缴一篇译品作为观摩而已，但是因此我和上沅有了一个学期的师生之谊。以后上沅坚持不许我再提此事，不过事实总是事实。上沅长我五岁，对我在私行上屡次不吝规劝，所以我对他自有一番敬仰，一直以兄长事之。

　　民国十二年我在清华毕业，上沅和我们全班同学六十七人同船游美。他是以清华半官费的资格出国的。所谓半官费，实际上是资助年轻人出国进修两年。上沅得到半官费，另一半则由他一位父执贺老先生出资补助，附有一个条件，必须研读政治，否则不予继续资助。上沅偏偏不喜政治，他醉心的是戏剧，他到了美国即进入匹次保卡内基大学戏剧系攻读。这是在戏剧艺术方面很著名的一个学府，据我所闻在舞台技术方面，举凡设计、布景、灯光、表演等等项目都要求很高。国人研究西洋戏剧艺术者多，但很少人是真正受过正格的教育训练，有如我国所谓科班出身者。在我个人交游圈中，较早的有洪深先生，此外就是上沅了。上沅在匹次堡一年之中，受了正式戏剧艺术的教育。

民国十三年，上沅到了纽约，入哥伦比亚大学。那时候布兰德·马修斯教授已经退休，但是他的著名戏剧图书室照常开放，许多研究戏剧的学子在这里获得珍贵的资料，其中特别有价值的一部分是英美历年演戏的档案。上沅在纽约这一年，博览了古典与现代的戏剧文学。但是获益最多的尚不在此，他在这大都市的剧院看了无数名剧之精彩的演出。看戏是很费钱的，穷学生不能常看，但是研究戏剧的人非多看不可，于是只好以最低代价挤上所谓的"黑人天堂"，爬上剧院最高一层的座位，甚至站立而无座位。上沅在纽约还有一项重大的收获，他结交了一批志同道合的朋友，张嘉铸（禹九）、赵畸（太侔）、闻一多、熊佛西等，他们都是爱好戏剧的，后来他们曾经合作推动一个戏剧运动。在纽约这一年，他们过的是波希米亚式的生活，全都留了长发，系上宽大的花领结，夜晚啸聚中华楼喝五加皮（那时是禁酒期间），谈论戏剧与艺术。上沅比较保守些，未留长发。

十四年春，剑桥中国同学会以英语改编《琵琶记》，上演于波士顿之考普莱剧院，我参与其事，函闻一多请求臂助。一多复信说："因事不能来，但遣两员大将前去帮忙，一是余上沅，他是内行，能指挥一切，一是赵太侔，他多才多艺，但寡言笑，对他幸无误会。"二位来了，伸胳臂挽袖子，锯木头搭布景，真是助了我们一臂之力。

是年夏，上沅因为资助的来源断绝，偕同太侔、一多返国，结束了留美两年的生活。回国后他们在北京正好遇到刘百昭主办艺专，由于徐志摩的奔走，他们三位都被罗致在艺专，并且创办了一个戏剧系，在我国这是创举。这是上沅走上戏剧运动的第一步。他们成立了一个"中国戏剧社"，提倡"国剧"。这所谓"国剧"，不是我们现在所指的"京戏"或"皮黄戏"，也不是当时一般的话剧，他们想不完全撇开中国传统的戏曲，但要采纳西洋戏剧的艺术手段。不只是理论上的探讨，他们还希望能有一个"小剧院"来做实验。显然的他们的理想与希望落空了，因为扰攘的时局和不安定的生活都不利于实验性的戏剧运动。他们的宣传机构是北京《晨报》的副刊，当时的主编是徐志摩，特别给他们开辟一个《剧刊》，撰稿的人包括上沅、太侔、禹九、邓以蛰、闻一多、徐志摩、顾颉刚诸位。后来上沅从《剧刊》选了二十几篇辑为一册，都十余万言，题为《国剧运动》，由上沅作序，衡粹画封面，上海新月书店出版，算是给这仅仅一年寿命的戏剧运动留下了一点痕迹。

民国十五年秋，我返国在南京东南大学任教，北京一班教授们纷纷南下，上沅也来到东南大学教书。旧友重逢，连床夜话。每日与张欣海、邓以蛰、陈登恪聚饮于成贤街一小肆，高谈阔论，意气风发。如是者半年。南京历代名都，六朝胜地，虽然说是荆棘铜驼，犹存古朴肃静之美，上沅与我乃遍处留有展痕。十六年春，我们先后在北京结婚，旋即相继挈妇南返，比邻而居。不匝月，北伐军至，烽火连天，乃相率搭乘太古轮走避于上海。真乃患难之交。北伐胜利，东南大学改为中央大学，上沅、欣海、登恪与我皆在不予续聘之列。

上沅夫妇到上海后，不久新月书店成立，他们搬到法租界华龙路新月书店编辑所楼上居住，暂时解决了居住问题。上沅任经理兼编辑，对于书店的经营壁画颇有贡献。在此期间他未忘情于戏剧，有《上沅剧本甲集》《戏剧论集》等作品发表。

十里洋场的上海不是久居之地。上沅于十七年九月举家迁往北平，就任中华教育文化基金会秘书。和他同时在该会任会计的是张兹闿先生，基金会的董事长是任鸿隽先生，该会的翻译委员会主任是胡适先生。在此期间，他继续推行他理想中的小剧院运动。按：所谓小剧院运动，是一八八七年著名演员Andr'e Antoine在巴黎所发起的。他集合一批年轻戏剧作家，在"自由剧院"上演他们的作品，观众都是买长期季票的知识分子。他要演出的是优秀作品，外国作品也经常采用，绝不计较票房。此项运动在英德相继兴起，造成高潮。上沅受了这个运动的影响，所以要在国内试为推行。赵元任、丁西林、熊佛西等都热心赞助。演出的戏有丁西林的《一只马蜂》《求婚》，上沅的《兵变》，小仲马的《茶花女》等，轰动一时。著名演员白杨（本名杨君莉）就是以参加小剧院演出而得名的。

二十四年初，梅兰芳剧团访苏联，上沅随团旅游，除了在苏联陪同梅兰芳拜访过斯坦尼拉夫斯基戏剧大师，还遍游了英、法、德、意等国。上沅在英国拜访了萧伯纳，看了许多戏，过莎士比亚故乡时，在三一教堂买了一张莎士比亚墓铭的拓本送我。这一张拓本，我很珍视，是用蜡笔拓的，由教堂司事签字证明确系拓自墓石，我加以裱褙，配以镜框，高悬在我室中。客有惊问者："阁下室内悬挂墓铭拓片，毋乃不伦？"我说："设使挂的是张黑女、杨大眼的墓志铭，我公是否亦将发出此问？"客不能答。上沅贻我的这张拓片，今已不知去向，据云被荒谬无知的人烧掉了。

二十四年八月上沅回到上海，接受教育部（部长王世杰）聘，筹办国立戏剧学校，事实上在背后策动指导的是张道藩先生，剧校于是年十月十八日在南京薛家巷正式开学，上沅奉派为校长。最初为两年制，第一届于二十六年结业，公演上沅导演的《威尼斯商人》，我应邀专往南京观赏。我记得是夜晚到达浦口，上沅派人会同中国文艺社的王平陵及华林先生前来迎迓，一起过江，当即下榻于中国文艺社招待所。这时候南京已是首都，到处营建衙门官邸，又是一番气象，昔日之萧索雅静的形态一扫无遗。翌晨由龚业雅陪我去见上沅、衡粹，欢喜不已。《威尼斯商人》演出甚为成功，所用剧本是我的翻译，由上沅大笔删汰，莎剧上演于现代舞台，自有削减场数、删除冗词之必要。扮演夏洛克及波西亚（叶仲寅小姐）者都给我以深刻的印象。事前上沅要我向演员致词，我即举哈姆雷特对演员的劝告以对："在人生面前竖起一面镜子。"

二十六年，抗日战争爆发，剧校奉命迁往后方，由长沙而重庆，二十八年再迁江安县，借文庙为校址，改为三年专科制，于话剧科外添乐剧科。三十四年抗战胜利，迁校北碚，三十五年迁回南京，建新址于大光路。上沅在三十七年夏代表我国出席捷克首都布拉克举行的国际戏剧家协会年会，这是我国正式参加国际戏剧组织的开始。是年秋，国内局势大变，乃辞去校长职务，闲居沪上。三十八年五月返回南京办理移交手续。嗣后他因应局势，也还多多少少做了一些有关戏剧的活动，但是其艰难困苦的情形不言而喻。

上沅的晚年生活情形，我不大清楚。近读衡粹所作《余上沅小传》，略知梗概，语焉未详。她说："'文化大革命'中，和许多老知识分子一样，备受冲击，打入牛棚，下乡劳动。但他一直老老实实，继续完成分配给他的翻译任务，直至一九七〇年初，身体实在支持不住，才从农村回上海市内就医，住院一个月，即以食道癌及体力枯竭死去。终年七十四岁。""打入牛棚，下乡劳动"包括多少惨绝人寰的故事！"一直老老实实……直至……实在支持不住……住院一个月……死去！"人生至此，夫复何言！衡粹说："一九七八年上海戏剧学院为余平反……余上沅虽已去世十二年……亦必瞑目于九泉矣。"这是他的亲人等了十二年才得到的一点点的安慰。

上沅一生耿直，自律很严，我举一桩小事为例。在北碚时，剧校预备买船返回南京，临行前我从寓处走过去送别，只见他指挥员工打扫清洁他们租来的校舍，擦玻璃、抹地板，忙得一团糟，或谓即将离去，何苦乃尔，上沅说："不然，唯因我们要离去，所以要打扫，给后来的人一个方便。"这是很难得一见的美德。

有一位职员犯有重大过失，上沅予以申斥，其人不服，始而厉声抗辩，终乃拍桌大骂，秽语尽出。上沅泰然处之，端坐不语，俟其发泄完毕悻悻而去，上沅始徐徐语左右曰："我不能和他对骂，对骂就不成体统了。"其人终于悔悟道歉。

上沅之最不可及处是他的敬业精神。今年八月三日有一家香港报纸刊载一篇《导演家里失火时》，这导演就是余上沅。这一段轶事我也曾听衡粹说过，这家报纸记载非虚。引录如下：

> 大约在一九四七年春，他们家附近失火，大有蔓延到门前之势，她（衡粹）急忙打发人到剧专叫他，三番两次去人叫，总不见他回来，他只派一个人来帮忙。她们急忙把家里东西往院子里搬，过了一两小时，火扑灭了，她们又忙往家里搬东西。深夜，这位戏剧家从容自在地回来了。夫人当然很不高兴地问他："火烧眉毛你都不回来太不像话！"他理直气壮地答道："我在排戏，我是导演，最后一幕

没排完，怎么能回来？"又说，"搬东西救火人人能做，可是排演别人替代不了啊！"夫人听了，哭笑不得的……

所以也难怪余上沅在南京主持戏剧专科学校十年时，教职员送他一副对联：

戏剧树典型端赖十年教训
桃李满天下只余两袖清风

记卢冀野

卢前，字冀野，南京人，年与我相若。

他体肥，臃肿膨亨，走不了几步路就气咻咻然，年纪轻轻就蓄了稀疏可数的几根短须。人皆称之为"胖子"，他不以为忤，总是哼哼两声作鹭鸶笑。有时候他也会无缘无故地从喉咙里发出呼噜呼噜的声音。他的衣履从来是不整齐的，平日是一袭皱褶的长袍，项下纽扣忘记扣起乃是常事。破鞋破袜上面蒙着一层灰土。看他那样子，活像是江湖上卖卜看相一流的人士。

他是南京国立东南大学的高材生，吴梅（瞿安）先生的得意弟子。我在一九二二到一九二三年间就认识他。那一年我路过南京，顺便拜访时常通信而尚未晤面的胡梦华先生。他邀了卢冀野和我一同相会，喝高粱酒，吃花生、豆腐干。那时候我们都还是大学未毕业的学生，意气甚豪。我当时就觉得这个胖子不是一个寻常人。别瞧他一副邋遢相，他有才气。不知是别人给他的封号，还是他自己取的，号称"江南才子"。

南京一会，匆匆几年过去，我从美国归来，在南京东南大学执教，他来看过我几次，依然是那样的风采。

抗战期间我们在四川见面，往来较多，他在北碚国立礼乐馆为编纂，制礼、作乐，分为二组，他掌管礼组。馆长是戴传贤先生，副馆长为顾毓琇先生，都是挂名遥领。

实际上，在抗战期间还有什么闲情逸致来制礼、作乐？我戏问他："吾闻之：'修身践言，谓之善行，行修言道，礼之质也。'先生何行何道，而敢言礼？"他嘿嘿一笑，说："你不知道吗，'礼失而求诸野'？"因此他把他居住的几间破房子题作"求诸室"。礼乐馆办公室楼上住着三个人，杨荫浏先生、杨仲子先生、杨宪益先生。冀野就说："此三阳开泰也，吉。"

冀野在国立编译馆兼任编纂，参加大学用书编辑委员会，但是实际工作是请了两名本地刻书的工人，由他监督刻木板。经馆方同意，刻一部《全元曲》，作为《全宋词》的姊妹篇。这工程浩大，一天连写带刻可以完成两页，累积起来一年可以完成七百多块木板，几年便堆满一间屋。这种古色古香的玩意儿，于抗战烽火连天中在后方慢慢地进行。胜利时工作尚未完成，那堆木板不知是否逃过了当柴烧的一厄？于刻元曲之外，冀野也因利乘便刻了几部他私人所喜爱的词曲，名之为《饮虹簃丛书》。

冀野膺选为国民参政会参政员，他很高兴，大襟上经常挂着参政会的徽章，出入编译馆礼乐馆，大家为之侧目。他有一天对我说："参政可矣，何必加一'员'字？历宋、元、明、清均置参政，不闻称员，民初亦有参政院，皆称参政。今加'员'字，反为不美。"我告诉他："此会乃临时性质，既称会，其组成分子当然是员了。老兄真有意参知政事耶？"他笑而不答。第三届参政会他未获连任，意殊快悒。李清悚先生调侃他说："先生名卢前，今则成为卢前参政员矣！"

参政会组华北慰劳视察团，冀野与我均被派参加，因此我们有两个月的共同起居的机会。他性诙谐，一肚皮笑话，荤素皆备，关于他下巴颏上的几根骚羊胡子就有十个八个，不知他是怎么搜集来的。他爱吐痰，关于吐痰的又有十个八个。我们到了西安，我约他到菊花园口厚德福吃饭，我问他要吃什么，他说："一鸭一鱼足矣。"好，我就点了只烤鸭、一条酱汁鱼。按说四五个人都吃不了，但是他伸臂挽袖，独当重任，如风卷残云，连呼"痛快，痛快"。他的酒量甚豪，三五斤黄酒不算回事。

我们由西安到洛阳去，冀野、邓飞黄和我三个人在郏县下车，自告奋勇，渡黄河上中条山。事前李兴中师长告诉我们，到中条走一遭，九沟十八坡，只能骑马，山路崎岖，形势很险，要三四天的工夫。我们年轻胆壮，贾勇出发。在茅津渡过河之后就要骑马。冀野从来没有骑过马，而军中马匹都是又小又瘦的那种类型，而且不是顶驯顺的，冀野的块头大，经马夫扶持勉强爬上马背，已经有摇摇欲坠之势。拍照之后，一声吆喝，马队开始前进。没走几步遇到一片酸枣林，下有积水，随行的马夫绕道步行，这时候冀野开始感到惶恐，马低下头去饮水，使得他搂着马的脖颈锐声大叫。这一搂一叫不打紧，马惊了。一马惊逸，所有的马跟着狂奔。冀野倒卧在地，我在马上，只听得耳畔风声呼呼地响，赶紧低头躲避多刺的枣枝。邓飞黄从后面追赶上来对我呼喊："不要怕，夹紧两腿，放松缰绳！"我的马跳跃一道土沟时我被颠落在地上了。邓飞黄也自动地滚鞍下马。几匹马摔掉了鞍辔跑得更快，一口气奔回营部，营部的人看到几匹失鞍的识途老马狼狈而回，心知不妙，立即派人救援，只见我们三个在荒野中跟跄缓步。当晚过夜，第二天营部人员说我们要开始爬山。鉴于冀野肥胖过人，特别给他备了一匹骡子，比较稳定而且能载重。不料骡子高大，他爬不上去，几个人推送也无法上去，最后找到路边一块巨石，让他站在石上，几人挽扶之下才跨上了骡背。入山不久，冀野在骡背上摇摇晃晃，大汗淋漓，浑身抖颤如肉冻，无法继续前进。三人会商，决定派人送他回去。于是他废然单独折返。后来我在他的房间墙上看见挂着一帧放大的照片，他题字曰：卢冀野马上之雄姿。

冀野才思敏捷，行旅中不忘吟诗作曲，每到一处，就寝前必定低声地摇头晃脑苦吟一阵，拿出随身携带的纸笔砚墨，多半是写一阕曲子，记述他一天的见闻感想。我问他为什么偏爱作曲，较少诗词。他说，曲的路子宽，像是白话，正字之外可加衬子，韵也较宽，东冬、江阳等皆合并，四声亦可通押，应该算是很进步、自由的诗体。我也相当同意他的看法。不过曲在平仄和音韵上很有讲究，和音乐歌唱不可分离，亦非易工之事。他于此道确是造诣甚深。

胜利后大家纷纷还乡，他也回到了南京。他对南京有无比的热爱，胜利之初，大家偶尔议论将来首都所在是否还是龙盘虎踞的南京，有人说北平较胜，也有人说西安不错，谁若是说起历来建都南京者皆享祚不久，他必红头涨脸地愤形于色。我还乡路过南京，他特邀我和李清悚等到南门外一家回回馆吃他吹嘘已久的什么糟蒸鸭肝。他叹一口气说："不是从前的味道了。"

此后时局变化，我们失去联络。听说他在南京很忙，任监察委员、大学教授、保长。有人问他："保长之事何劳先生费心？"他说："这你就不懂了，保甲长是真正亲民之职，尤其是有关兵役等等，保甲长一言九鼎，关系重大。等到逢年过节，礼物上门，堆积如山。"他就是这样的天真。

我四十岁生日，冀野写了一首长调赠我，写在一张灰色草纸上，现已遗失。他的墨迹现在保存在我手边的只有一首七绝，题在我三十八岁生日纪念册中，诗曰：

雅舍生涯又五年，册中名氏阙卢前。

145

岁寒松柏支天地，金石盟心志益坚。

　　癸未秋暮为实翁补题三十八初度书画册

　　　　求诸室主人前并记

　　诗是临时构想，一挥而就。他未带图章，借用我一颗闲章，"言而有信"四字。

陆小曼的山水长卷

　　最近看到陈从周先生的一篇文章——《含泪中的微笑——记陆小曼画山水长卷》。陈先生和徐志摩有姻娅关系，有关志摩与小曼的事情他知道得最多。陈先生这篇文章，含有我们前所未知的资料，弥足珍贵。谨先就陈先生所提供的资料择要抄述于后。

　　陆小曼是常州人，生于一九〇三年农历九月十九日，卒于一九六五年四月三日，享年六十三岁。她临终时把三件东西交付给陈从周先生，一是《徐志摩全集》的一份样本，一箱纸版；二是梁启超为徐写的一副长联；三是她自己画的山水长卷。陈先生把全集送给了北京图书馆，梁联及画卷交给浙江博物馆，总算保存了下来。

　　山水长卷是小曼的早期作品，结婚后在上海拜贺天健为师学画，陈先生许为"秀润天成"。此画作于一九三一年春，时小曼二十九岁。这长卷由志摩于夏间携去北京，托邓以蛰（叔存）先生为之装裱。装成，邓有跋语说明。胡适之先生在下面题了一首诗，诗曰：

画山要看山，画马要看马。

闭门造云岚，终算不得画。

小曼聪明人，莫走这条路。

拼得死工夫，自成真意趣。

小曼学画不久，就作这山水大幅，功力可不小！我是不懂画的，但我对于这一道有一点很固执的意见，写成韵语，博小曼一笑。

适之二十、七、八，北京

陈先生说，胡适这一个观点是以前没有发表过的。杨铨（杏佛）先生题了一首唱反调的诗：

手底忽现桃花源，胸中自有云梦泽，

造化游戏成溪山，莫将耳目为桎梏。

小曼作画，适之讥其闭门造车，不知天下事物，皆出意匠，过信经验，必为造化小儿所笑也。质之适之、小曼、志摩以为如何？

二十年七月二十五日杨铨

小曼的老师贺天健后来也题了一首诗：

> 东坡论画鄙形似，懒瓒云山写意多；
> 摘得骊龙颔下物，何须粉本拓山阿。

梁鼎铭先生也有一段题识，他说：

> 只是要有我自己，虽然不像山，不像马，确
> 有我自己在里头就得了。适之说，小曼聪明人，
> 我也如此说，她一定能知道的。适之先生以为
> 如何？……

较长的题跋是陈蝶野先生的，他说：

> 今年春予居湖上，三月归，访小曼，出示一卷，
> 居然崇山叠岭，云烟之气缭绕楮墨间，予不知小曼
> 何自得此造诣也。志摩携此卷北上，归而重展，居
> 然题跋名家缀满纸尾。小曼天性聪明，其作画纯任
> 自然，自有其价值，固无待于名家之赞扬而后显。
> 但小曼绝不可以此自满。为学无止境，又不独为画
> 然也。
>
> 　　　　　　　　　　　　　　　　　　蝶野

　　这一幅山水长卷，徐志摩随带在身，一九三一年夏，预备到北京再请人加题，不料坠机而亡，但是这幅画却未毁掉，小曼一直保存到死。陈从周先生在题记中说："历劫之物，良足念也。"如果不是他把这幅画送交浙江博物馆，恐此画早已被劫。

　　以上是抄述陈先生的大文。兹略述感想。

　　陆小曼是聪明人，大家所公认。她一向被人视为仅仅交际场中的一个名人，这是不公道的，她有她较为高尚的一面。沉溺在鸦片烟的毒雾里，因而过了一段堕落糜烂的生活，这也是事实。胡适之先生曾对朋友们说："志摩如果再在上海住下去，他会被毁了的。"所以他把他请到北京去教书。但是志摩没有对小曼绝望，他还是鼓励她向上。看这幅山水长卷，就是在堕落糜烂期间完成的。她并不自甘于堕落。听说以后她戒绝了鸦片，在绘画方面颇为用功，证之陈从周先生所说"她画的山水，秀润天成，到晚年则渐入苍茫之境"，更足以令我们相信她已脱胎换骨，有了完全不同的风貌。

　　小曼在二十九岁，学画不久，就能画出这样的一幅山水长卷，难怪胡适之先生要说"功力可不小"！言外之意可能是不信她有此功力。这张画我没见过，就我所见的陈先生大文附刊的图片而论，虽然模糊不清，但也可以看出布局的大概。在用笔用墨方面还看不出造诣的深浅，大概是走的纤细工整的路子。一般人学画都是从临摹入手，即使没有机会临摹古人的真迹，往往也有粉本可资依据。小曼此画是否完全自出机杼，我们不能臆断。

撇开陆小曼的画不论，胡适之先生的题诗及其引起的反调，倒是颇有趣味的一个论题。胡先生是一贯的实验主义者，涉及文艺方面他就倾向于写实。所以他说："画山要看山，画马要看马。"有物在眼前，画起来才不走样。这话不是没有道理。尤其是对于初学画者，需先求其形似，然后才能摆脱形迹挥洒自如。西洋画就是这样，初学者就是要下死功夫白描石膏。即使功夫已深，画人物一大部分仍然要有模特儿。其实我们中国画家也不是不知道这一番道理。赵子昂画马不是自己也趴在地上揣摩马的各种姿态吗？中国的山水画家哪一个不是喜欢遨游天下名山大川？我从前胆大妄为，曾摹画过一张《蜀山图》，照猫画虎，不相信天下真有那样的重峦叠嶂峰回路转的风景，后来到了四川，登剑门，走栈道，才知道古人山水画皆有所本，艺术模仿自然，诚然不虚。甚至看了某些风景居然入画，所谓"天开图画即江山"，省悟到"自然模仿艺术"之说亦非妄作。大抵画家到了某一境界，胸中自有丘壑，一山一水一石一木，未必实有其境，然皆不背于理，此之谓创作。

辑 四

食味

人间烟火 最抚人心

食谱有两种：一种是文人雅士之闲情偶寄，以冷隽之笔，写饮食之妙，读其文字即有妙趣，不一定要操动刀匕，照方调配；另一种是专供家庭参考，不惜详细说明，金针度人。

两做鱼

常听人说北方人不善食鱼，因为北方河流少，鱼也就不多。我认识一位蒙古贵族，除了糟溜鱼片之外，从不食鱼；清蒸鲥鱼、干烧鲫鱼，他不屑一顾，他生怕骨鲠刺喉。可是亦不尽然。不久以前我请一位广东朋友吃石门鲤鱼，居然谈笑间一根大刺横鲠在喉，喝醋吞馒头都不收效，只好到医院行手术。以后他大概只能吃"滑鱼球"了。我又有一位江西同学，他最会吃鱼，一见鱼脍上桌便不停下箸，来不及剔吐鱼刺，伸出舌头往嘴边一送，便一根根鱼刺贴在嘴角上，积满一把才用手抹去。可见食鱼之巧拙，与省籍无关，不分南北。

《诗经·陈风》："岂其食鱼，必河之鲂？""岂其食鱼，必河之鲤？"河就是黄河。鲂味腴美，《本草纲目》说："鲂鱼处处有之。"汉沔固盛产，黄河里也有。鲤鱼就更不必说。跳龙门的就是鲤鱼。冯谖齐人，弹铗叹食无鱼，孟尝君就给他鱼吃，大概就是黄河鲤了。

提起黄河鲤，实在是大大有名。黄河自古时常泛滥，七次

154

改道，为一大灾害，治黄乃成历朝大事。清代置河道总督管理其事，动员人众，斥付巨资，成为大家艳羡的肥缺。从事河工者乃穷极奢侈，饮食一道自然精益求精。于是豫菜乃能于餐馆业中独树一帜。全国各地皆有鱼产，松花江的白鱼、津沽的银鱼、近海的石首鱼、松江之鲈、长江之鲥、江淮之鲴、远洋之鲳……无不佳美，难分轩轾。黄河鲤也不过是其中之一。

豫菜以开封为中心，洛阳亦差堪颉颃。到豫菜馆吃饭，柜上先敬上一碗开口汤，汤清而味美。点菜则少不得黄河鲤。一尺多长的活鱼，欢蹦乱跳，伙计当着客人面前把鱼猛掷触地，活活摔死。鱼的做法很多，我最欣赏清炸、酱汁两做，一鱼两吃，十分经济。

清炸鱼说来简单，实则可以考验厨师使油的手艺。使油要懂得沸油、热油、温油的分别。有时候做一道菜，要转变油的温度。炸鱼要用猪油，炸出来色泽好，用菜油则易焦。鱼剖为两面，取其一面，在表面上斜着纵横细切而不切断。入热油炸之，不需裹面糊，可裹芡粉，炸到微黄，鱼肉一块块地裂开，看样子就引人入胜。撒上花椒盐上桌。常见有些他处的餐馆做清炸鱼，鱼的身份是无可奈何的事，只要是活鱼就可以入选了，但是刀法太不讲究，切条切块大小不一，鱼刺亦多横断，最坏的是外面裹了厚厚一层面糊。

两做鱼另一半酱汁，比较简单，整块的鱼嫩熟之后浇上酱汁即可，唯汁宜稠而不黏，咸而不甜。要撒姜末，不需别的佐料。

烤羊肉

　　北平中秋以后，螃蟹正肥，烤羊肉亦一同上市。口外的羊肥，而少膻味，是北平人主要的食用肉之一。不知何故很多人家根本不吃牛肉，我家里就牛肉不曾进过门。说起烤肉就是烤羊肉。南方人吃的红烧羊肉，是山羊肉，有膻气，肉瘦，连皮吃，北方人觉得是怪事，因为北方的羊皮留着做皮袄，舍不得吃。

　　北平烤羊肉以前门肉市正阳楼为最有名，主要的是工料细致，无论是上脑、黄瓜条、三叉、大肥片，都切得飞薄，切肉的师傅就在柜台近处表演他的刀法，一块肉用一块布蒙盖着，一手按着肉一手切，刀法利落。肉不是电冰柜里的冻肉（从前没有电冰柜），就是冬寒天冻，肉还是软软的，没有手艺是切不好的。

　　正阳楼的烤肉支子，比烤肉宛、烤肉季的要小得多，直径不过二尺，放在四张八仙桌子上，都是摆在小院里，四围是四

156

把条凳。三五个一伙围着一个桌子，抬起一条腿踩在条凳上，边烤边饮边吃边说笑，这是标准的吃烤肉的架势。不像烤肉宛那样的大支子，十几条大汉在熊熊烈火周围，一面烤肉一面烤人。女客喜欢到正阳楼吃烤肉，地方比较文静一些，不愿意露天自己烤，伙计们可以烤好送进房里来。烤肉用的不是炭，不是柴，是烧过除烟的松树枝子，所以带有特殊香气。烤肉不需多少佐料，有大葱、芫荽、酱油就行。

正阳楼的烧饼是一绝，薄薄的两层皮，一面粘芝麻，打开来会冒一股滚烫的热气，中间可以塞进一大箸子烤肉，咬上去，软。普通的芝麻酱烧饼不对劲，中间有芯子，太厚实，夹不了多少肉。

我在青岛住了四年，想起北平烤羊肉馋涎欲滴。可巧厚德福饭庄从北平运来大批冷冻羊肉片，我灵机一动，托人在北平为我定制了一具烤肉支子。支子有一定的规格尺度，不是外行人可以随便制造的。我的支子运来之后，大宴宾客，命儿辈到寓所后山拾松塔盈筐，敷在炭上，松香浓郁。烤肉佐以潍县特产大葱，真如锦上添花，葱白粗如甘蔗，斜切成片，细嫩而甜。吃得皆大欢喜。

提起潍县大葱，又有一事难忘。我的同学张心一是一位奇人，他的夫人是江苏人，家中禁食葱蒜，而心一是甘肃人，极嗜葱蒜。他有一次过青岛，我邀他家中便饭，他要求大葱一盘，别无所欲。我如他所请，特备大葱一盘，家常饼数张。心一以葱卷饼，顷刻而罄，对于其他菜肴竟未下箸，直吃得他满头大汗。他说这是数年来第一次如意的饱餐！

我离开青岛时把支子送给同事赵少侯，此后抗战军兴，友朋星散，这青岛独有的一个支子就不知流落何方了。

白肉

　　白肉、白煮肉、白切肉，名虽不同，都是白水煮猪肉。谁不会煮？但是煮出来的硬是不一样。各地的馆子都有白切肉，各地人家也都有这样的家常菜，而巧妙各有不同。

　　提起北平的白切肉，首先就会想起砂锅居。砂锅居是俗名，正式的名称是"居顺和"，坐落在西四牌楼北边缸瓦市路东，紧靠着定王府的围墙。砂锅居的名字无人不知，本名很少人知道。据说所以有此名称是由于大门口设了一个灶，上面有一个大砂锅，直径四尺多，高约三尺，可以煮一整只猪。这砂锅有百余年的历史，传说从来没有换过汤！我想这是不可能的事，那样大的砂锅如何打制，如何能经久不裂，一锅汤如何能长久不换？这一定是好事者诌出来的故事。这馆子专卖猪肉和猪身上的一切，可以做出一百二十八道菜色不同的猪全席，我一听就心里有点怕，所以一直没去品尝过，到了一九二一年左右由于好奇才怂恿家君一同前去一试。大锅是有一只，我没发现那是砂锅。地方不算太脏，比我们想象的要好一些。五寸碟

159

子盛的红白血肠、双皮、鹿尾、管挺、口条……我们都一一地尝过，白肉当然更不会放过。东西确是不错，所以生意兴隆，一到正午，一只猪卖完，迟来的客人只好向隔明日请早了。究竟是以猪为限，格调不高，中下级食客趋之若鹜，理所当然，高雅君子不可不去一尝，但很少人去了还想再去。

我母亲常对我们抱怨说北平的猪肉不好吃，有一股臊臭的气味。我起初不信，后来屡游江南，发现南北猪肉味是不同。大概是品种和饲料不同的关系。不知所谓臊臭，也许正是另一些人所谓的肉香。南方猪肉质嫩而味淡，却是真的。

北平人家里吃白肉也有季节，通常是在三伏天。猪肉煮一大锅，瘦多肥少，切成一盘盘地端上桌来。煮肉的时候如果先用绳子把大块的肉五花大绑，紧紧捆起来，煮熟之后冷却，解开绳子用利刃切片，可以切出很薄很薄的大片，肥瘦凝固而不散。肉不宜煮得过火，用筷子戳刺即可测知其熟的程度。火候要靠经验，刀法要看功夫。要横丝切，顺丝就不对了。白肉没有咸味，要蘸酱油，要多加蒜末。川菜馆于蒜、酱油之外，另备辣椒酱。如果酱油或酱浇在白肉上，便不对味。

白肉下酒宜用高粱。吃饭时另备一盘酸菜，一盘白肉碎末，一盘腌韭菜末，一盘芫荽末，拌在饭里，浇上白肉汤，撒上一点胡椒粉，这是标准吃法。北方人吃汤讲究纯汤，鸡汤就是鸡汤，肉汤就是肉汤，不羼别的东西。那一盘酸菜很有道理，去油腻，开胃。

糟蒸鸭肝

糟就是酒滓，凡是酿酒的地方都有酒糟。《楚辞·渔父》："何不铺其糟而歠其醨？"可见自古以来酒糟就是可以吃的。我们在摊子上吃的醪糟蛋（醪音捞），醪糟乃是我们人人都会做的甜酒酿，还不是我们所谓的糟。说也奇怪，我们台湾盛产名酒，想买一点糟还不太容易。只有到山东馆子吃糟溜鱼片才得一尝糟味，但是有时候那糟还不是真的，不过是甜酒酿而已。

糟的吃法很多。糟溜鱼片固然好，糟鸭片也是绝妙的一色冷荤，在此地还不曾见过，主要原因是鸭不够肥嫩。北平东兴楼或致美斋的糟鸭片，切成大薄片，有肥有瘦有皮有肉，是下酒的好菜。《儒林外史》第十四回马二先生看见酒店柜台上盛着糟鸭，"没有钱买了吃，喉咙里咽唾沫"，所说的糟鸭是刚出锅的滚热的，和我所说的冷盘糟鸭片风味不同。下酒还是冷的好。稻香村的糟鸭蛋也很可口，都是靠了那一股糟味。

福州馆子所做红糟的菜是有名的。所谓红糟乃是红曲，另是一种东西。是粳米做成饭，拌以曲母，令其发热，冷却后洒水再令其发热，往复几次即成红曲。红糟肉、红糟鱼，均是美味，但没有酒糟香。

现在所要谈到的糟蒸鸭肝是山东馆子的拿手，而以北平东兴楼的为最出色。东兴楼的菜出名的分量少，小盘小碗，但是精，不能供大嚼，只好细品尝。所做糟蒸鸭肝，精选上好鸭肝，大小合度，剔洗干净，以酒糟蒸熟。妙在汤不浑浊而味浓，而且色泽鲜美。

有一回梁寒操先生招饮于悦宾楼，据告这是于右老喜欢前去小酌的地方，而且以糟蒸鸭肝为其隽品之一。尝试之下，果然名不虚传，唯稍嫌粗，肝太大则质地容易沙硬。在这地方能吃到这样的菜，难能可贵。

醋熘鱼

清梁晋竹《两般秋雨庵随笔》：

西湖醋熘鱼，相传是宋五嫂遗制，近则工料简
濇，直不见其佳处。然名留刀匕，四远皆知。番禺
方橡枰孝廉恒泰《西湖词》云：

小泊湖边五柳居，
当筵举网得鲜鱼。
味酸最爱银刀鲙，
河鲤河鲂总不如。

梁晋竹是清道光时人，距今不到二百年，他已感叹当时的
西湖醋熘鱼之徒有虚名。宋五嫂的手艺，吾固不得而知，但是
七十年前侍先君游杭，在楼外楼尝到的醋熘鱼，仍惊叹其鲜

163

美，嗣后每过西湖辄登楼一膏馋吻。楼在湖边，凭窗可见巨篓系小舟，篓中畜鱼待烹，固不必举网得鱼。普通选用青鱼，即草鱼，鱼长不过尺，重不逾半斤，宰割收拾过后沃以沸汤，熟即起锅，勾芡调汁，浇在鱼上，即可上桌。

醋熘鱼当然是汁里加醋，但不宜加多，可以加少许酱油，亦不能多加。汁不要多，也不要浓，更不要油，要清清淡淡，微微透明。上面可以略撒姜末，不可加葱丝，更绝对不可加糖。如此方能保持现杀活鱼之原味。

现时一般餐厅，多标榜西湖醋熘鱼，与原来风味相去甚远。往往是浓汁满溢，大量加糖，无复清淡之致。

烧鸭

北平烤鸭，名闻中外，在北平不叫烤鸭，叫烧鸭，或烧鸭子，在口语中加一"子"字。

《北平风俗杂咏》严辰《忆京都词》十一首，第五首云：

忆京都·填鸭冠寰中

烂煮登盘肥且美，

加之炮烙制尤工。

此间亦有呼名鸭，

骨瘦如柴空打杀。

严辰是浙人，对于北平填鸭之倾倒，可谓情见乎词。

北平苦旱，不是产鸭盛地，唯近在咫尺之通州得运河之便，渠塘交错，特宜畜鸭。佳种皆纯白，野鸭、花鸭则非上选。鸭自通州运到北平，仍需施以填肥手续。以高粱及其他饲料揉搓成圆条状，较一般香肠热狗为粗，长约四寸许。通州的鸭子师傅抓过一只鸭来，夹在两条腿间，使不得动，用手掰开鸭嘴，以粗长的一根根的食料蘸着水硬行塞入。鸭子要叫都叫不出声，只有眨巴眼的份儿。塞进口中之后，用手紧紧地往下将鸭的脖子，硬把那一根根的东西挤送到鸭的胃里。填进几根之后，眼看着再填就要撑破肚皮，这才松手，把鸭关进一间不见天日的小棚子里。几十百只鸭关在一起，像沙丁鱼，绝无活动余地，只是尽量给予水喝。这样关了若干天，天天扯出来填，非肥不可，故名填鸭。一来鸭子品种好，二来师傅手艺高，所以填鸭为北平所独有。抗战时期在后方有一家餐馆试行填鸭，三分之一死去，没死的虽非骨瘦如柴，也并不很肥，这是我亲眼看到的。鸭一定要肥，肥才嫩。

北平烧鸭，除了专门卖鸭的餐馆如全聚德之外，是由便宜坊（即酱肘子铺）发售的。在馆子里亦可吃烧鸭，例如在福全馆宴客，就可以叫右边邻近的一家便宜坊送了过来。自从宣外的老便宜坊关张以后，要以东城的金鱼胡同口的宝华春为后起之秀，楼下门市，楼上小楼一角最是吃烧鸭的好地方。在家里，打一个电话，宝华春就会派一个小利巴，用保温的铅铁桶送来一只才出炉的烧鸭，油淋淋的，烫手热的。附带着他还管代蒸荷叶饼葱酱之类。他在席旁小桌上当众片鸭，手艺不错，讲究片得薄，每一片有皮有油有肉，随后一盘瘦肉，最后是鸭头鸭尖，大功告成。主人高兴，赏钱两吊，小利巴欢天喜地称谢而去。

　　填鸭费工费料，后来一般餐馆几乎都卖烧鸭，叫作叉烧烤鸭，连焖炉的设备也省了，就地一堆炭火一根铁叉就能应市。同时用的是未经填肥的普通鸭子，吹凸了鸭皮晾干一烤，也能烤得焦黄迸脆。但是除了皮就是肉，没有黄油，味道当然差得多。有人到北平吃烤鸭，归来盛道其美，我问他好在哪里，他说："有皮，有肉，没有油。"我告诉他："你还没有吃过北平烤鸭。"

　　所谓一鸭三吃，那是广告噱头。在北平吃烧鸭，照例有一碗滴出来的油，有一副鸭架装。鸭油可以蒸蛋羹，鸭架装可以熬白菜，也可以煮汤打卤。馆子里的鸭架装熬白菜，可能是预先煮好的大锅菜，稀汤洸水，索然寡味。会吃的人要把整个的架装带回家里去煮。这一锅汤，若是加口蘑（不是冬菇，不是香蕈）打卤，卤上再加一勺炸花椒油，吃打卤面，其味之美无与伦比。

炝青蛤

北人不大吃带壳的软体动物，不是不吃，是不似南人之普遍嗜食。

沈括《梦溪笔谈》卷二十四："如今之北方人喜用麻油煎物，不问何物，皆用油煎。庆历中，群学士会于玉堂，使人置得生蛤蜊一箦，令饔人烹之，久且不至。客讶之，使人检视，则曰：'煎之已焦黑而尚未烂。'坐客莫不大笑。"沈括，宋时人，当时可能有过这样的一个饔人闹过这样的一个笑话。

北平山东餐馆里，有一道有名的菜"炝青蛤"。所谓青蛤一寸来长，壳面作淡青色，平滑洁净，肉微呈黄色，在蛤类中比较最具干净相。做法简单，先在沸水中烫过，然后掰开贝壳，一个个地都仰列在盘里，洒上料酒、姜末、胡椒粉，即可上桌，为上好的佐酒之物。另一吃法是做"芙蓉青蛤"，所谓芙蓉就是蒸蛋羹，蒸到半熟时把剥好的青蛤肉摆在表面上，再蒸片刻即得。也有不剥蛤肉，整个青蛤带壳投在蛋里去蒸的。

这种带壳蒸的办法，似嫌粗豪，但是也有人说非如此不过瘾。

青蛤在家里也可以吃，手续简单，不过在北方吃东西多按季节。春夏之交，黄鱼、大头鱼上市，也就是吃蛤蜊的旺季。我记得先君在世的时候，照例要到供应水产最为丰富的东单牌楼菜市采购青蛤，一买就是满满一麻袋，足足有好几十斤，几乎一个人都提不动，运回家来供我们大嚼。先是浸蛤于水，过一昼夜而泥沙吐尽。听人说，水里若是滴上一些麻油，则泥沙吐得更快更干净。我没有试过。蛤虽味鲜，不宜多食，但是我的二姊曾有一顿吃下一百二十个青蛤的纪录。大家这样狂吃一顿，一年之内不作再吃想矣。

在台湾省我没有吃到过青蛤。著名的食物"蚵仔煎"，蚵仔是闽南语，实即牡蛎，亦即蚝。这种东西宁波一带盛产。剥出来的肉，名为蛎黄。李时珍《本草》："南海人，食其肉，谓之蛎黄。"其实蛎黄亦不限于南海。东北人喜欢吃的白肉酸菜火锅，即往往投入一盘蛎黄，使汤味格外鲜美。此地其他贝类，如哈蚂、蚋、海瓜子，大部分都是酱油汤子里泡着，咸滋滋的，失去鲜味不少。蚶子是南方普遍食物，人工培养蚶子的地方名为蚶田。《清一统志》："莆田县东七十里大海上，有蚶田四百顷。"规模好大！蚶子用开水一烫，掰开加三合油加姜末就可以吃，壳里漾着血水，故名血蚶。我看见那血水，心里不舒服，再想到上海弄堂里每天清早刷马桶的人，用竹帚蚶子壳哗啦哗啦搅得震天响，看着蚶子就更不自在了。至于淡菜，一名壳菜，也是浙闽名产，晒干了之后可用以煨红烧肉，其形状很丑，像是晒干了的蝉，又有人想入非非说是像另外一种东西。总之这些贝类都不是北人所易接受的。

美国西海岸自阿拉斯加起以至南加州，海底出产一种巨大的蛤蜊，名曰geoduck，很奇怪的当地的人却读如"古异德克"，又名之曰蛤王（king clam）。其壳并不太大，大者长不过四五寸许，但是它的肉体有一条长长的粗粗的肉伸出壳外，略有伸缩性，但不能缩进壳里，像象鼻一般，其状不雅，长可达一尺开外，两片硬壳贴在下面形同虚设。这条长鼻肉味鲜美，可以说是美国西海岸食物中的隽品。我曾为文介绍，可是国人旅游美国西部者，搜奇选胜，却很少人尝过古异德克。知音很难，知味亦不易。我初尝异味是在西雅图高叔哿、严倚云伉俪府上，这两位都精易牙之术。高先生告诉我，古异德克虽是珍品，而美国人不善处理，较高级餐馆菜单中偶然也列此一味，但是烹制出来，尽管猛加白兰地，不是韧如皮鞋底，就是味同嚼蜡。皆因西人烹调方法，不外油炸、水煮、热烤，就是缺了我们中国的"炒"。他们根本没有炒菜锅。英文中没有相当于"炒"的字，目前一般翻译都作stir fry（一面翻腾一面煎）。高先生做古异德克是用炒的方法，先把象鼻形的那根肉割下来，其余部分丢弃，用沸水一浇，外表一层粗皱的松皮就容易脱落下来了，然后切成薄片，越薄越好。旺火，沸油，爆炒，加进葱、姜、盐，翻动十来下，熟了，略加玉米粉，使汁稠，趁热上桌。吃起来有广东馆子"炒响螺"的味道，美。

一九八六年五月七日台湾省一家报纸刊出一则新闻式的广告，标题是"深海珍品鲍鱼贝——肉质鲜美好口味"。鲍鱼贝的名字起得好，即是古异德克。据说日本在一九七六年引进了鲍鱼贝，而且还生吃。在台湾省好像尚未被老饕注意，也许是因为我们的美味种类已经太多了。

贝类之中体积最小者，当推江浙产的"黄泥螺"。这种东西我就从未见过。菁清说她从小就喜欢吃，清粥小菜经常少不了它。有一天她居然在台北一家店里瞥见了一瓶瓶的黄泥螺，像是他乡遇故知一般，扫数买了回来。以后再买就买不到了。据告这是海员偶然携来寄售的。黄泥螺小得像绿豆一般，黑不溜秋的，不起眼，里面的那块肉当然是小得可怜，而且咸得很。

水晶虾饼

　　虾，种类繁多。《尔雅翼》所记："闽中五色虾，长尺余，具五色。梅虾，梅雨时有之。芦虾，青色，相传芦苇所变。泥虾，稻花变成，多在泥田中。又虾姑，状如蜈蚣，一名管虾。"芦苇、稻花会变虾，当然是神话。

　　虾不在大，大了反倒不好吃。龙虾一身铠甲，须爪戟张，样子十分威武多姿，可是剥出来的龙虾肉，只合做沙拉，其味不过尔尔。大抵咸水虾，其味不如淡水虾。

　　虾要吃活的，有人还喜活吃。西湖楼外楼的"炝活虾"，是在湖中用竹篓养着的，临时取出，欢蹦乱跳，剪去其须、吻、足、尾，放在盘中，用碗盖之。食客微启碗沿，以箸挟取之，在旁边的小碗酱油、麻油、醋里一蘸，送到嘴边用上下牙齿一咬，像嗑瓜子一般，吮而食之。吃过把虾壳吐出，犹咕咕嚷嚷地在动。有时候嫌其过分活跃，在盘里泼进半杯烧酒，虾乃颓然醉倒。据闻有人吃活虾不慎，虾一跃而戳到喉咙里，几致丧生。生吃活虾不算稀奇，我还看见过有人生吃活螃蟹呢！

炝活虾，我无福享受。我只能吃油爆虾、盐焗虾、白灼虾。若是嫌剥壳麻烦，就只好吃炒虾仁、烩虾仁了。说起炒虾仁，做得最好的是福建馆子，记得北平西长安街的忠信堂是北平唯一的有规模的闽菜馆，做出来的清炒虾仁不加任何配料，满满一盘虾仁，鲜明透亮，而且软中带脆。闽人善治海鲜当推独步。烩虾仁则是北平饭庄的拿手，馆子做不好。饭庄的酒席上四小碗其中一定有烩虾仁，羼一点荸荠丁、勾芡，一切恰到好处。这一炒一烩，全是靠使油及火候，灶上的手艺一点也含糊不得。

虾仁剁碎了就可以做炸虾球或水晶虾饼了。不要以为剁碎了的虾仁就可以用不新鲜的剩货充数，瞒不了知味的吃客。吃馆子的老主顾，堂倌也不敢怠慢，时常会用他的山东腔说："二爷！甭起虾夷儿了，虾夷儿不信香。"（不用吃虾仁了，虾仁不新鲜。）堂倌和吃客合作无间。

水晶虾饼是北平锡拉胡同玉华台的杰作。和一般的炸虾球不同，一定要用白虾，通常是青虾比白虾味美，但是做水晶虾饼非白虾不可，为的是做出来颜色纯白。七分虾肉要加三分猪板油，放在一起剁碎，不要碎成泥，加上一点点芡粉、葱汁、姜汁，捏成圆球，略按成厚厚的小圆饼状，下油锅炸，要用猪油，用温油。炸出来白如凝脂，温如软玉，入口松而脆。蘸椒盐吃。

自从我知道了水晶虾饼里大量羼猪油，就不敢常去吃它。连带着对一般馆子的炸虾球，我也有戒心了。

核桃酪

玉华台的一道甜汤核桃酪也是非常叫好的。

有一年，先君带我们一家人到玉华台吃午饭。满满的一桌，祖孙三代。所有的拿手菜都吃过了，最后是一大钵核桃酪，色香味俱佳，大家叫绝。先慈说："好是好，但是一天要卖出多少钵，需大量生产，所以只能做到这个样子，改天我在家里试用小锅制作，给你们尝尝。"我们听了大为雀跃。回到家里就天天泥着她做。

我母亲做核桃酪，是根据她为我祖母做杏仁茶的经验揣摩着做的。我祖母的早点，除了燕窝、哈什玛、莲子等之外，有时候也要喝杏仁茶。街上卖的杏仁茶不够标准，要我母亲亲自做。虽是只做一碗，材料和手续都不能缺少，久之也就做得熟练了。核桃酪和杏仁茶性质差不多。

核桃来自羌胡，故又名胡桃，是张骞时传到中土的，北方盛产。取现成的核桃仁一大捧，用沸水泡，司马光幼时倩人用沸水泡，以便易于脱去上面的一层皮，而谎告其姊说是自己剥的，这段故事是大家所熟悉的。开水泡过之后要大家帮忙剥皮的，虽然麻烦，数量不多，顷刻而就。在馆子里据说是用硬毛刷去刷的！核桃要捣碎，越碎越好。

取红枣一大捧，也要用水泡，泡到胀大的地步，然后煮，去皮，这是最烦人的一道手续。枣树在黄河两岸无处不有，而以河南灵宝所产为最佳，枣大而甜。北平买到的红枣也相当肥大，不似台湾省这里中药店所卖的红枣那样瘦小。可是剥皮取枣泥还是不简单。我们用的是最简单的笨法，用小刀刮，刮出来的枣泥绝对不带碎皮。

白米小半碗，用水泡上一天一夜，然后捞出来放在捣蒜用的那种较大的缸钵里，用一根捣蒜用的棒槌（当然都要洗干净使不带蒜味，没有捣过蒜的当然更好），尽力地捣，要把米捣得很碎，随捣随加水。碎米渣滓连同汁水倒在一块纱布里，用力拧，拧出来的浓米浆留在碗里待用。

煮核桃酪的器皿最好是小薄铫。铫读如吊。《正字通》："今釜之小而有柄有流者亦曰铫。"铫是泥沙烧成的，质料像砂锅似的，很原始，很粗陋，黑黝黝的，但是非常灵巧而有用，煮点东西不失原味，远较铜锅、铁锅为优，可惜近已淘汰了。

把米浆、核桃屑、枣泥和在一起在小薄铫里煮，要守在一旁看着，防溢出。很快地就煮出了一铫子核桃酪。放进一点糖，不要太多。分盛在三四个小碗（莲子碗）里，每人所得不多，但是看那颜色，微呈紫色，枣香、核桃香扑鼻，喝到嘴里黏糊糊的、甜滋滋的，真舍不得一下子咽到喉咙里去。

熘黄菜

黄菜指鸡蛋。北平人常避免说"蛋"字，因为它不雅，我也不知为什么不雅。"木樨""芙蓉""鸡子儿"都是代用词。更进一步"鸡"字也忌讳，往往称为"牲口"。

熘黄菜不是炒鸡蛋。北方馆子常用为一道外敬的菜。就如同"三不粘""炸元宵"之类，作为是奉赠性质。天津馆子最爱外敬，往往客人点四五道菜，馆子就外敬三四道，这样离谱的外敬，虽说不是什么贵重的菜色，也使顾客觉得不安。

熘黄菜是用猪油做的，要把鸡蛋黄制成糊状，故曰溜。蛋黄糊里加荸荠丁，表面撒一些清酱肉或火腿屑，用调羹舀来吃，色香味俱佳。家里有时宴客，如果做什么芙蓉、干贝之类，专用蛋白，蛋黄留着无用，这时候就可以考虑做一盆溜黄菜了。馆子里之所以常外敬溜黄菜，可能也是剩余的蛋黄无处打发，落得外敬做人情了。

我家里试做好几次熘黄菜都失败了，炒出来是一块块的，不成糊状。后来请教一位亲戚，承她指点，方得诀窍。原来蛋黄打过加水，还要再加芡粉（多加则稠少加则稀），入旺油锅中翻搅之即成。凡事皆有一定的程序材料，不是暗中摸索所能轻易成功的。

自从试作成功，便常利用剩余的蛋黄炮制。直到有一天我胆结石症发，入院照爱克司光，医嘱先吞鸡蛋黄一枚，我才知道鸡蛋黄有什么作用。原来蛋黄几乎全是脂肪，生吞下去之后胆囊受到刺激，立刻大量放出胆汁，这时候给胆囊照相便照得最清楚。此后我是无胆之人，见了熘黄菜便敬而远之，由有胆的人去享受了。

锅烧鸡

北平的饭馆几乎全属烟台帮，济南帮兴起在后。烟台帮中致美斋的历史相当老。清末魏元旷《都门琐记》谈到致美斋："致美斋以四做鱼名，盖一鱼而四做之，子名'万鱼'，与头尾皆红烧，酱炙中段，余或炸炒，或醋熘、糟熘。"致美斋的鱼是做得不错，我所最欣赏的却别有所在。锅烧鸡是其中之一。

先说致美斋这个地方。店坐落在煤市街，坐东面西，楼上相当宽敞，全是散座。因生意鼎盛，在对面一个非常细窄的尽头开辟出一个致美楼，楼上楼下全是雅座。但是厨房还是路东的致美斋的老厨房，做好了菜由小利巴提着盒子送过街。所以这个雅座非常清静。左右两个楼梯，由左梯上去正面第一个房间是我随侍先君经常占用的一间，窗户外面有一棵不知名的大树遮掩，树叶很大，有风也萧萧，无风也萧萧，很有情调。我第一次吃醉酒就是在这个房间里。几杯花雕下肚之后还索酒吃，先君不许，我站在凳子上舀起一大勺汤泼将过去，泼溅在先君的两截衫上，随后我即晕倒，醒来发觉已在家里。这一件事我记忆甚清，时年六岁。

锅烧鸡要用小嫩鸡，北平俗语称之为"桶子鸡"，疑系"童子鸡"之讹。严辰《忆京都词》有一首：

忆京都·桶鸡出便宜

衰翁最便宜无齿，

制仿金陵突过之。

不似此间烹不热，

关西大汉方能嚼。

注云："京都便宜坊桶子鸡，色白味嫩，嚼之可无渣滓。"他所谓便宜坊桶子鸡，指生的鸡，也可能是指熏鸡。早年一元钱可以买四只。南京的油鸡是有名的，广东的白切鸡也很好，其细嫩并不在北平的之下。严辰好像对北平桶子鸡有偏爱。

我所谓桶子鸡是指那半大不小的鸡，也就是做"炸八块"用的那样大小的鸡。整只的在酱油里略浸一下，下油锅炸，炸到皮黄而脆。同时另锅用鸡杂（即鸡肝、鸡胗、鸡心）做一小碗卤，连鸡一同送出去。照例这只鸡是不用刀切的，要由跑堂的伙计站在门外用手来撕的，撕成一条条的，如果撕出来的鸡不够多，可以在盘子里垫上一些黄瓜丝。连鸡带卤一起送上桌，把卤浇上去，就成为爽口的下酒菜。

何以称之为锅烧鸡，我不大懂。坐平浦火车路过德州的时候，可以听到好多老幼妇孺扯着嗓子大叫："烧鸡烧鸡！"旅客伸手窗外就可以购买。早先大约一元可买三只，烧得焦黄油亮，劈开来吃，咸渍渍的，挺好吃。（夏天要当心，外表亮光光，里面可能大蛆咕咕嚷嚷！）这种烧鸡是用火烧的，也许馆子里的烧鸡加上一个"锅"字，以示区别。

煎馄饨

　　馄饨这个名称好古怪。宋程大昌《演繁露》："世言馄饨，是虏中浑沌氏为之。"有此一说，未必可信。不过我们知道馄饨历史相当悠久，无分南北到处有之。

　　儿时，里巷中到了午后常听见有担贩大声吆喝："馄饨——开锅！"这种馄饨挑子上的馄饨，别有风味，物美价廉。那一锅汤是骨头煮的，煮得久，所以是浑浑的、浓浓的。馄饨的皮子薄，馅极少，勉强可以吃出其中有一点点肉。但是佐料不少，葱花、芫荽、虾皮、冬菜、酱油、醋、麻油，最后撒上竹节筒里装着的黑胡椒粉。这样的馄饨在别处是吃不到的，谁有工夫去熬那么一大锅骨头汤？

　　北平的山东馆子差不多都卖馄饨。我家胡同口有一个同和馆，从前在当地还有一点小名，早晨就卖馄饨和羊肉馅、卤馅的小包子。馄饨做得不错，汤清味厚，还加上几小块鸡血几根豆苗。凡是饭馆没有不备一锅高汤的（英语所谓"原汤"

stock），一碗馄饨舀上一勺高汤，就味道十足。后来"味之素"大行其道，谁还预备原汤？不过善品味的人，一尝便知道是不是正味。

馆子里卖的馄饨，以致美斋的为最出名。好多年前，《同治都门纪略》就有赞赏致美斋的馄饨的打油诗：

包得馄饨味胜常，馅融春韭嚼来香。

汤清润吻休嫌淡，咽来方知滋味长。

这是同治年间的事，虽然已过了五十年左右，饭馆的状况变化很多，但是他的馄饨仍是不同凡响，主要的原因是汤好。

可是我最激赏的是致美斋的煎馄饨，每个馄饨都包得非常俏式，薄薄的皮子挺拔舒翘，像是天主教修女的白布帽子。入油锅慢火生炸，炸黄之后再上小型蒸屉猛蒸片刻，立即带屉上桌。馄饨皮软而微韧，有异趣。

艺术

把日子过成诗

心美，世间皆美。会看花的人，就会看云，看月，看星辰，并在人世一切中看到智慧。

竹林七贤

《水经注·水注》："魏步兵校尉阮籍，中散大夫谯国嵇康，晋司徒河内山涛，司徒琅玡王戎，黄门郎河内向秀，建威参军沛国刘伶，始平太守阮咸等，同居山阳，结自得之游，时人号之为竹林七贤。"

《世说新语·任诞》："陈留阮籍、谯国嵇康、河内山涛，三人年皆相比，康年少亚之。预此契者，沛国刘伶、陈留阮咸、河内向秀、琅玡王戎。七人常集于竹林之下，肆意酣畅，故世谓竹林七贤。"

何启明先生著《竹林七贤研究》（学生书局1976年再版），对于七贤事迹考证綦详，洵为最新之佳构。何先生在前言云："竹林七贤，名属后起，竹林之事，亦难信真。"又曰："竹林之事，既初传于晋世中朝以后，初非七贤生时之本有……而山阳故居，亦本无竹林。竹林诸人但如建安之七子，正始、中朝之名士，不过后人一时意兴所至，聊加组合耳。"结论曰："竹林之事为后所造作。"此一论断似甚正确。不过何先生也承认"七贤生时固有所交往遇合也",否则后人亦不可能加以组合。

关于竹林,陈寅恪先生曾经有说,见《星岛·文史副刊》一九四九年八月十六日版。陈文我未读过,杨勇先生《世说新语·校笺》(1969年10月初版)第五四八页转引陈先生文曰:"竹林七贤,清谈之著者也。其名七贤,本论语贤者避世,作者七人之义。乃东汉以来,名士标榜事数之名,如三君、八厨、八及之类。后因僧徒格义之风,始比附中西而成此名;所谓'竹林',盖取义于《内典》(Lenuvena),非其地真有此竹林,而七贤游其下也。《水经注》引竹林古迹,乃后人附会之说,不足信。"陈先生博览群籍,时有新解,此其一例也。此处 Lenuvena 一字系误植,应为 Venuvena,梵文"竹林精舍"之意,音译为鞞纽婆那。

按卫辉《府志》:"竹林寺在县西南六十里,旧为七贤观,后改为尚贤寺,又改今名,即晋七贤所游之地"云云。这是沿用《水经注》之说,不过标出了"竹林寺"之名,按晋时洛阳即有竹林寺,与《内典》所谓"竹林精舍"似相暗合。杨勇先生《世说·校笺》认为"陈说有见",从而论断曰:"竹林为一假设之地。"并且更进一步,根据"《文物》一九六五年八月期,有南京西善桥晋墓砖,刻竹林八贤图,则有嵇康、阮籍、山涛、向秀、刘伶、阮咸、荣启期等八人",从而论断曰:"七贤、八贤亦一通名耳。"(八贤只举七人,王戎未列入。)晋砖之发现，饶有趣味，唯七贤之外加入荣启期，则事甚离奇。荣启期，春秋时人，与七贤相距约有千年，何以于隐逸高贤之中独选荣启期，与七贤并列，似嫌不伦。荣启期之为高人，吾人并无闲言，其事见《列子·天瑞》篇。"孔子见于泰山，问曰：'先生何乐也？'对曰：'吾乐甚多。天生万物，唯人为贵，吾得为人，一乐也。男女之别，男尊女卑，吾得为男，二乐也。人生有不见日月不免襁褓者，吾行年九十矣，三乐也。贫者士之常，死者民之终，居常以待终，何不乐也？"这一段记载，写出荣启期之旷达，跻身于八贤之列，自无愧色，唯冠以竹林字样，一似与七贤亦有交往者，斯可怪耳。

竹林也好，竹林寺也好，黄河流域一带可以有竹林则为不争之事实，晋戴凯之《竹谱》以为竹之为物"九河鲜育，五岭实繁"，实非笃论。远至北平西山八大处，亦有竹林可以供人啸傲其间，何况河洛？"竹林"二字久已成为隐逸之代名词，所以竹林七贤、八贤之说，亦不必拘泥字面多所考证矣。

文房四宝

文房四宝，谓笔、墨、纸、砚。《明一统志》："四宝堂在徽州府治，以郡出文房四宝为义。"这所谓郡，是指歙县。其实歙县并不以笔名，世所称"湖笔徽墨"，湖是指浙江省旧湖州府，不过徽州的文具四远驰名，所以通常均以四宝之名归之。宋苏易简撰《文房四宝画谱》五卷，是最早记叙文房四宝的专书。《牡丹亭·闺塾》："春香取文房四宝来模字。"《长生殿·制谱》："不免将文房四宝摆设起来。"是文房四宝一语沿用已久。

凡是读书人，无不有文房四宝，而且各有相当考究的文房四宝，因为这是他必需的工具。从启蒙到出而问世，离不开笔墨纸砚。

现在的读书人，情形不同了，读书人不一定要镇日价关在文房里，他可能大部分时间要走进实验室，或是跑进体育场，或是下田去培植什么品种，或是上山去挖掘古坟，纵然有随时书写的必要，"将文房四宝摆设起来"的那种排场是不可能出现的了。至少文房四宝的形态有了变化。我们现在谈文房四宝，多少带有一些思古之幽情。

笔

《史记》：蒙恬筑长城，取中山兔毛造笔。所以我们一直以为我们现在使用的这种毛笔是蒙恬创造的，蒙恬以前没有毛笔。有人指出这个说法不对。毛笔的发明远在秦前。甲骨文里没有"笔"字，不能证明那个时代没有笔。殷墟发掘，内中有朱书的龟板（董作宾先生曾赠我一条幅，临摹一片龟板，就是用朱墨写的，记载着狩猎所得的兽物，龟脊以左的几行文字直行右行，其右的几行文字直行左行，甚为有趣）。看那笔迹，非毛笔不办。二十世纪初长沙一座战国时代古墓中，发现了一支竹管毛笔，兔毛围在笔管一端的外面，用丝线缠起，然后再用漆涂牢。是战国时已有某种形式的毛笔了。蒙恬造笔，可能是指秦笔而言。晋崔豹《古今注》已有指陈，他说："自古有书契以来，便应有笔，世称蒙恬造笔，何也？答曰：'蒙恬造笔，即秦笔耳。'"所谓秦笔，是以四条木片做笔杆，而不是用竹，因为秦在西陲，其地不产竹。至于我们现代使用的毛笔究竟是始于何时，大概是无可考。韩愈的《毛颖传》不足为凭。

用兽毛制笔实在是一大发明。有了这样的笔，才有发展我们的书法画法的可能。《太平清话》："宋时有鸡毛笔、檀心笔、小儿胎发笔、猩猩毛笔、鼠尾笔、狼毫笔。"所谓小儿胎发笔，不知是否真有其事。我国人口虽多，搜集小儿胎发却非易事。就是猩猩的毛恐怕亦不多见。我们常用的毛是羊毫，取其软，有时又嫌太软，遂有"七紫三羊""三紫七羊"或"五紫五羊"的发明。紫毫是深紫色的兔毫，比较硬。白居易有一首《紫毫笔》："紫毫笔。尖如锥兮利如刀。江南石上有老兔，吃竹饮泉生紫毫，宣城之人采为笔，千万毛中择一毫。"可见紫毫一向是很贵重的。我小时候常用的笔是"小毛锥"，写小字用，不知是什么毛做的，价钱便宜，用不了多久不是笔尖掉毛，就是笔头松脱。最可羡慕的是父亲书桌上笔架上插着的琉璃厂李鼎和"刚柔相济"，那就是"七紫三羊"，只有在父亲命我写"一炷香"式的红纸名帖的时候，才许我使用他的"刚柔相济"。这种"七紫三羊"，软中带硬，写的时候省力，写出来的字圆润。"刚柔相济"这个名字实在是起得好。我的岳家开设的程五峰斋是北平一家著名老店，科举废后停业，肆中留下的笔墨不少，我享用了好多年，其中最使我快意的是毛笔"磨炼出精神"，原是写大卷用的笔，我拿来写信写稿，写白折子，真是一大享受。

常听人说：善书者不择笔。我的字写不好，从来不敢怨笔不好。可是有一次看到珂罗版影印的朱晦庵的墨迹，四五寸大的行草，酣畅淋漓，近似"笔势飞举而字画中空"的飞白。我忽有所悟。朱老夫子这一笔字，绝不是我们普通的毛笔所能写出来的。史书记载："蔡邕谐鸿都门，时方修饰，见役人以垩帚成字，因归作飞白书。"朱老夫子写的近似飞白的字，所用的纵然不是垩帚，也必定是一种近似刷子的大笔。英文译毛笔为 brush（刷子），很难令人满意，其实毛笔也的确是个刷子，不过有个或长或短或软或硬溜尖的笔锋而已。画水彩画用的笔，也曾有人用以写字，而且写出来颇有奇趣。油漆匠用的排笔，也未尝不可借来大涂大抹一幅画的背景。毛笔是书画用的工具，不同的书画自然需要不同的笔。古代书家率多自己造笔，非如此不能满足他的需要。据说王右军用的是兔毫笔，都是经过他自己精选的赵国平原八九月间的兔子的毫，既长而锐。北方天气寒冷，其毫劲硬，所以右军的字才写得那样的挺秀多姿。大抵魏晋以至于唐，以兔毫为主，宋元以后书家偏重行草，乃以鼠毫、羊毫为主。不过各家作风不同，用途不同，所用之笔亦异，不可一概而论。像沈石田的山水画，浓墨点苔非常出色，那著名的"梅花点"就不是一般画笔所能画得出来的，很可能是先用剪刀剪去了笔锋。

毛笔之妙，固不待言，我们中国的字画之所以能在世界上独树一帜，赖有毛笔为工具。不过毛笔实在不方便，用完了要洗，笔洗是不可少的，至少要有笔套，笔架笔筒也是少不了的。而且毛笔用不了多久必败，要换新的。僧怀素号称草圣，他用过的笔堆积如山，埋在地下，人称笔冢。那是何等的豪奢。欧阳修家贫，其母以荻画地教之学书。那又是何等的困苦。自从科举废，毛笔之普遍的重要性一落千丈。益以连年丧乱，士大夫流离颠沛，较简便的自来水笔、铅笔，以至于较近的球端笔（即俗谓原子笔）、毡头笔（即俗谓签字笔）乃代之而兴。制毛笔的技术也因之衰落。近来我曾搜购"七紫三羊"，无论是来自何方，均不够标准，是以紫毫为心，秀出外露，羊毫嫌短，不能与紫毫浑融为一体，无复刚柔相济之妙。这也是无可奈何之事。有穷亲戚某，略识之无，其子索钱买毛笔，云是教师严命，国文作文非用毛笔不可，某大怒曰："有铅笔即可写字，何毛笔为？"孩子大哭而去。画荻学书之事，已不可行于今日。此后毛笔之使用恐怕要限于临池的书家和国画家了。

墨

古时无墨。最初是以竹挺点漆，后来用石墨磨汁，汉开始用松烟制墨，魏晋之际松烟制墨之法益精，遂无再用石墨者。魏韦诞的《合墨法》："好醇烟捣讫，以细绢筛于缸。醇烟一斤以上。以胶五两，浸梣皮汁中。其皮入水，绿色，解胶，又益墨色，可下鸡子白去黄五枚。益以珍珠一两，麝香一两，皆别治细筛。都合稠下铁臼中，宁刚不宜泽，捣三万杵，多益善。合墨不得过二月九日，重不得二两一。"古人制墨，何等考究。唐李廷圭为墨官，尝谓合墨一料需配珍珠三两、玉屑一两，捣万杵。晚近需求日多，利之所在，粗制滥造，佳品遂少。历来文人雅士，每喜蓄墨，不一定用以临池，大多是以为把玩之资。细致的质地，沉着的色泽，高贵的形状，精美的雕镂题识，淡远的香气，使得墨成为艺术品。有些名家还自己制墨，苏东坡与贺方回都精研和胶之法。明清两代更是高手如云。而康熙、乾隆都爱文墨，除了所谓御墨如三希堂、墨妙轩之外，江南督抚之类封疆大吏希意承旨还按时照例进呈所谓贡墨，虽然阿谀奉承的奴才相十足，墨本身的制作却是很精的，偶有流布在外，无不视为珍品。《红楼梦》作者曹雪芹的爷爷织造曹寅也有镌着"兰台精英"四字的贡墨，为蓄墨者所乐道。至于谈论墨品的专书，则宋有晁季一之《墨经》，李孝美之《墨谱》，明有陆友之《墨史》等，清代则谈墨之书不可胜计。

墨究竟是为用的，不是为玩的。而且玩墨也玩不了多久。苏东坡诗："此墨足支三十年，但恐风霜侵发齿。非人磨墨墨磨人，瓶应未罄罍先耻。"《苕溪渔隐丛话》："东坡云：'石昌言蓄李廷圭墨，不许人磨。或戏之云：子不磨墨，墨将磨子。今昌言墓木拱矣，而墨固无恙。'……"墨之精品，舍不得磨用，此亦人情之常。袁世凯时的"北平兵变"，当铺悉遭劫掠，肆中所藏旧墨散落在外，家君曾收得大小数十笏，皆锦盒装裹，精美豪华。其形状除了普通的长方形、圆柱形等之外，还有仿钟、鼎、尊、磬诸般彝器之作。

质坚烟细，神采焕然。这样的墨，怎舍得磨？至于那些墨上镌刻的何人恭进，我当时认为无关紧要，现已不复记忆了。

书画养性，至堪怡悦，唯磨墨一事为苦。磨墨不能性急。要缓缓地一匝匝地软磨，急也没用，而且还会墨汁四溅。昔人有云：“磨墨如病儿，把笔如壮夫。”懒洋洋地磨墨是像病儿似的有气无力的样子。不过也有人说，磨墨的时候正好构想。《林下偶谈》：“唐王勃属文，初不精思，先磨墨数升。”也许那磨墨正是精思的时刻。听人说，绍兴师爷动笔之前必先磨墨，那也许是在盘算他的刀笔如何在咽喉处着手吧？也有人说，作书画之前磨墨，舒展指腕的筋骨，有利于挥洒，不过那也要看各人的体力，弱不禁风的人墨数升，怕搦管都有问题，只能作颤笔了。

笔要新，墨要旧。如今旧墨难求，且价绝昂。近有人贻我坊间仿制“十八学士”一匣，“睢阳五老”一匣，只看那镂刻粗糙，金屑浮溢之状，就可以知道墨质如何。能没有臭腥之气，就算不错。

纸

蔡伦造纸，见《后汉书·蔡伦传》：“自古书契，多编以竹简，其用缣帛者，谓之为纸。缣贵而简重，并不便于人。

伦乃造意，用树肤、麻头，及敝布、渔网以为纸。元兴元年（105年）奏上之，帝善其能。自是莫不从用焉。故天下咸称蔡侯纸。"蔡伦是东汉和帝时的一名宦官，亏他想出以植物纤维造纸的方法。造纸的原料各地不同，据苏易简《纸谱》说："蜀人以麻，闽人以嫩竹，北人以桑皮，剡溪人以藤，海人以苔，浙人以麦面稻秆，吴人以茧，楚人以楮为纸。"多是植物性纤维，就地取材。我国的造纸术，于蔡伦后六百多年传到中亚，再经四百年传到欧洲，这一伟大发明使全世界蒙受其利，是值得大书特书的事。

文人最重视的纸是宣纸，产自安徽宣州，今宣城县，故名。《绩溪县志》："南唐李后主，留心翰墨，所用澄心堂纸，当时贵之。而南宋亦以入贡。是澄心堂纸之出绩溪，其著名久矣。"按近人考证澄心堂，在今安徽绩溪县艺林寺临溪小学附近，与李后主宫内之澄心堂根本不是一个地方。李后主用绩溪的澄心堂纸，但是他没有制作澄心堂纸。宫中燕乐之地，似不可能设厂造纸。《文房四谱》："黟、歙间多良纸，有凝霜、澄心之号。复有长可五十尺为一幅。盖歙民数百理其楮，然后于长船中以浸之，数十夫举杪以抄之。旁一夫以鼓节之。于是以大熏笼周而焙之，不上于墙壁也。由是自首至尾匀整如一。"澄心堂纸幅大者，特宜于大幅书画之用。不过真的澄心堂纸早已成为稀罕之物，北宋时即已不可多见。《六一诗话》："余家尝得南唐后主之澄心堂纸……"视为珍宝。宋刘攽（贡父）

诗："当时百金售一幅，澄心堂中千万轴，后人闻此哪复得，就使得之当不识！"如今侈言澄心堂，几人见过真面目？

旧纸难得，黠者就制造赝品，熏之染之，也能古色古香地混充过去，用这种纸易于制作假字画蒙骗世人。这应该算是文人无行的一例。故宫曾流出一批大幅旧纸，被作伪的画家抢购一空。

宣纸有生熟之别，有单宣夹贡之分。互有利弊，各随所好而已。古人喜用熟纸，近人偏爱生纸。生纸易渗水墨，笔头水分要控制得宜，于湿干浓淡之间显出挥洒的韵味。尝见有人作画，急欲获致水墨渗渲的效果，不断地以口吮毫，一幅画成，舌面尽黑。工笔画，正楷书，皆宜熟纸。不过亦不尽然，我看见过徐青藤花卉册页的复制品，看那淋漓的水渲墨晕，不像是熟纸。

文人题诗或书简多喜自制笺纸，唐名妓薛涛利用一品质特佳的井水制成有名的薛涛笺，李商隐所云"浣花笺纸桃花色，好好题诗咏玉钩"，大概就是这种纸。明末盛行花笺，素宣之上加以藻绘，花卉、山水、人物，以及铜玉器之模型，穷工极妍，相习成风。饾版彩色的《十竹斋笺谱》《萝轩变古笺谱》可推为代表作。二十世纪初北京荣宝斋等南纸店发售之笺纸，间更有模印宋版书之断简零篇者，古色古香，甚有意趣。近有嗜杨小楼剧艺而集其多幅戏报为笺纸者，亦别开生面之作。

自毛笔衰歇之后，以宣纸制作之笺纸亦渐不流行，偶有文士搜集，当作版画一般的艺术品看待。周作人的书信好像是一直维持用毛笔笺纸，徐志摩、杨今甫、余上沅诸氏也常保持这种作风。至于稿纸之使用宣纸者，自梁任公先生之后我不知尚有何人。新月书店始制稿纸，采胡适之先生意见，单幅大格宽边，有宣边、毛边、道林三种。其中宣纸一种，购者绝少，后遂不复制。

砚

砚居四宝之末，但是同等重要。广东高要县端溪所产之砚号称端砚，为世所称，其中以斧柯山的石头最为难得，虽然大不过三四指，但是只有冬天水涸的时候才可一人匍匐进入洞口采石，苏东坡所说"千夫挽绠，百夫运斤，篝火下缒，以出斯珍"可以说明端砚之所以珍贵。与端砚齐名的是歙砚，产地在今之江西婺源县（原属安徽）之歙溪。如今无论是端砚或歙砚，都因为历年来开采，罗掘俱穷，已不可多得，吾人只能于昔人著述中略知其一二，例如宋米芾之《砚史》，高似孙之《砚笺》，以及南宋无名氏之《砚谱》等。

历代文人及收藏家多视佳砚为拱璧。南唐官砚，现在日本，《广仓研录》以此砚为所著录名砚百数十方拓本之首，是现存古砚之最古老、最珍贵者。宋人苏东坡得有邻堂遗砚，及米芾的紫金砚等都是极为有名的。所谓良砚，第一是要发墨，因其石之质地坚细适度，磨墨不费时，轻磨三二十下，墨汁浓浓。而且墨愈坚则发墨愈速，佳砚佳墨乃相得而益彰。除了发墨之外还要不伤笔，笔尖软而砚石糙则笔易受损。并且磨起不可有沙沙的声响。磨成墨汁后要在相当久的时间内不渗不干。能有这几项优异的功能便是一方佳砚，初不必问其是端是歙。

我家有一旧砚，家君置在案头使用了几十年，长约尺许，厚几二寸，砚瓦微陷，砚池雕琢甚细，池上方有石眼，左右各雕一龙，作二龙戏珠状。这个石眼有瞳孔，有黄晕，算不算得是"活眼"我就不知道了。家君又藏有桂未谷模写的蝇头隶书汉碑的拓本若干幅，都是刻在砚石上的，写得好，刻得精，拓得清晰，裱褙装裹均极考究，分四大函。《张迁》《曹全》《白石神君》《天发神谶》《孔宙》等无不具备。观此拓片，令人神往，原来的石砚不知流落何方了。

我初来台湾省，求一可用之砚亦不易得。有人贻我塑胶砚一方，令人啼笑皆非。菁清雅好文玩，既示我以其所藏之《三希堂法帖》，又出其所藏旧砚多方，供我使用。尤其妙者，菁清尝得一新奇之砚滴，形如废电灯泡，顶端黄铜螺旋，扭开即可注水，中有小孔，可滴水于砚面或砚池，胜似昔之砚蟾。陆放翁有句："自烧熟火添香兽，旋把寒泉注砚蟾。"我之新型砚蟾，注水可长期滴用，方便多多。从此文房四宝，虽不求精，大致粗备。调墨弄笔，此其时矣。

白猫王子

　　有一天菁清在香港买东西，抱着夹着拎着大包小笼地在街上走着，突然啪的一声有物自上面坠下，正好打在她的肩膀上。低头一看，毛茸茸的一个东西，还直动弹，原来是一只黄鸟，不知是从什么地方落下来的，黄口小雏，振翅乏力，显然是刚学起飞而力有未胜。菁清勉强腾出手来，把它放在掌上，它身体微微颤动，睁着眼睛痴痴地望。她不知所措，丢下它于心不忍。颜氏家训有云："穷鸟入怀，仁人所悯。"仓促间亦不知何处可以买到鸟笼。因为她正要到银行去有事，就捧着它进了银行，把它放在柜台上面，行员看了奇怪，攀谈起来，得知银行总经理是一位爱鸟的人，他家里用整间的房屋做鸟笼。当即把总经理请了出来，他欣然承诺把鸟接了过去。路边孤雏总算有了最佳归宿，不知如今羽毛丰满了未？

　　有一天夜晚在台北，菁清在一家豆浆店消夜后步行归家，瞥见一条很小的跛脚的野狗，一瘸一拐地在她身后亦步亦趋。

跟了好几条街。看它瘦骨嶙峋的样子大概是久矣不知肉味，她买了两个包子喂它，狼吞虎咽如风卷残云，索性又喂了它两个。从此它就跟定了她，一直跟到家门口。她打开街门进来，狗在门外用爪子挠门，大声哭叫，它也想进来。我们家在七层楼上，相当逼仄，不宜养犬。但是过了一小时再去探望，它仍守在门口不去。无可奈何托一位朋友把它抱走，以后下落就不明了。

以上两桩小事只是前奏，真正和我们结了善缘的是我们的白猫王子。

普通人家养猫养狗都要起个名字，叫起来方便，而且豢养的不止一只，没有名字也不便识别。我们的这只猫没有名字，我们就叫它猫咪或咪咪。白猫王子是菁清给它的封号，凡是封号都不该轻易使用，没有人把谁的封号整天价挂在嘴边乱嚷乱叫的。

白猫王子到我们家里来是很偶然的。

一九七八年三月三十日，我的日记本上有这样的一句："菁清抱来一只小猫，家中将从此多事矣。"缘当日夜晚，风狂雨骤，菁清自外归来，发现一只很小很小的小猫局踏缩缩地蹲在门外屋檐下，身上湿漉漉的，叫的声音细如游丝，她问左邻右舍这是谁家的猫，都说不知道。于是因缘凑合，这只小猫就成了我们家中的一员。

惭愧家中无供给，那一晚只能飨以一碟牛奶，像外国的小精灵扑克似的，它把牛奶舐得一干二净，舐饱了之后它用爪子洗洗脸，伸胳膊拉腿地倒头便睡，真是粗豪之至。我这才有机会端详它的小模样。它浑身雪白，（否则怎能赐以白猫王子之嘉名？）两个耳朵是黄的，脑顶上是黄的中间分头路，尾巴是黄的。它的尾巴可有一点怪，短短的而且是弯曲的，里面的骨头是弯的，永远不能伸直。起初我们觉得这是畸形，也许是受了什么伤害所致，后来听兽医告诉我们这叫作麒麟尾，一万只猫也难得遇到一只有麒麟尾。麒麟是什么样子，谁也没见过，不过图画中的麒麟确是卷尾巴，而且至少卷一两圈。没有麒麟尾，它还称得上是白猫王子吗？

在外国，猫狗也有美容院。我在街上隔着窗子望进去，设备堂皇，清洁而雅致，服务项目包括梳毛、洗澡、剪指甲以及马杀鸡之类。开发中的国家当然不至荒唐若是。第一桩事需要给我的小猫做的便是洗个澡。菁清问我怎个洗法，我也不知道。我只知道猫怕水，扔在水里会淹死，所以必须干洗。记得从前家里洗羊毛袄的皮筒子，是用黄豆粉屬樟脑，在毛皮上干搓，然后梳刷。想来对猫亦可如法炮制。黄豆粉不可得，改用面粉，效果不错。只是猫不知道我们对它要下什么毒手，拼命抗拒，在一人按捺一人搓洗之下勉强竣事，我对镜一看我自己几乎像是"打面缸"里的大老爷！后来我们发现洗猫有专用的洗粉，不但洗得干净，而且香喷喷的。猫也习惯，察知我们没有恶意，服服帖帖地让菁清给它洗，不需要我在一边打下手了。

上大部分不爱喝牛奶，我国的猫亦如是。小时候"有奶便是娘"，稍大一些便不是奶所能满足。打开冰箱煮一条鱼给它吃，这一开端便成了例。小鱼不吃，要吃大鱼；陈鱼不吃，要吃鲜鱼；隔夜冰冷的剩鱼不吃，要现煮的温热的才吃……起先是什么鱼都吃，后来有挑有拣，现在则专吃新鲜的沙丁鱼。兽医说，喂鱼要先除刺，否则鲠在喉里要开刀，扎在胃里要出血。记得从前在北平也养过猫，一天买几个铜板的熏鱼担子上的猪肝，切成细末拌入饭中，猫吃得痛痛快快。大概现在时代不同了，好多人只吃菜不吃饭，猫也拒食碳水化合物了。可是飨以外国的猫食罐头以及开胃的猫零食，它又觉得不对胃口，别的可以洋化，吃则仍主本位文化。偶然给了它一个茶叶蛋的蛋黄，它颇为欣赏，不过掰碎了它不吃，它要整个的蛋黄，用舌头舐得团团转，直到舐得无可再舐而后止。夜晚一点钟街上卖茶叶蛋的老人沙哑的一声"五香茶叶蛋"，它便悚然以惊，竖起耳朵喵喵叫。铁石心肠也只好披衣下楼买来给它消夜。此外我们在外宴会总是不会忘记带回一包烤鸭或炸鸡之类作为它的打牙祭。

吃只是问题的一半，吃下去的东西会消化，消化之后剩余的渣滓要排出体外，这问题就大了。白猫王子有四套卫生设备，楼上三套，楼下一套。猫比小孩子强得多，无需教就会使用它的卫生设备。街上稍微偏僻一点的地方常见有人"脚向墙头八字开"，红砖道上星棋罗布的狗屎更是无人不知的。我们的猫没有这种违警行为，它知道在什么地方做什么事。只是它的洁癖相当烦人，四个卫生设备用过一次便需清理现场，换沙土，否则它会呜呜地叫。不过这比起许多人用过马桶而不冲水的那种作风似又不可同日而语。为了保持清洁，我们在设备上里里外外喷射猫狗特用的除臭剂，它表示满意。

猫长得很快，食多事少，焉得不胖？运动器材如橡皮鼠、不倒翁、小布人，都玩过了。它最感兴趣的是乒乓球，在地毯上追逐翻滚身手矫健。但是它渐渐发福了，先从腹部胖起，然后有了双下巴颏，脑勺子后面起了一道肉轮。把乒乓球抛给它，它只在球近身时用爪子拨一下，像打高尔夫的大老爷之需要一个球童。它不到一岁，已经重到九公斤，抱着它上下楼，像是抱着一个大西瓜。它吃了睡，睡了吃，不做任何事——可是猫能做什么呢？家里没有老鼠，所以它无用武之地，好像它不安于饱食终日无所用心的境界，于是偶尔抓蟑螂、抓蚰蜒、抓苍蝇、抓蚊蚋。此外便是舐爪子抹脸了。

胖还不要紧，要紧的是春将来到，屋里怕关不住它。划出阳台一部分，宽五尺长三十尺，围以铁栏杆，可以容纳几十只猫，晴朗之日它在里面可以晒太阳，可以观街景。听见远处猫叫，它就心惊。万一我们照顾不到，它冲出门外，它是没有法子能再回来的。我们失掉一只猫，这打击也许尚可承受，猫失掉了我们，便后果堪虞了。菁清和我商量了好几次，拿不定主意。不是任其自然，便是动阉割手术。凡是有过任何动手术的经验的人都该知道，非不得已谁也不愿轻试。给猫行这种手术据说只要十五分钟就行了。我们还是不放心，打电话问几家兽医院，都说是小手术，麻药针都不必打，闻之骇然。最后问到"国际犬猫专医院"辜泰堂兽医师，他说当然要麻药针，否则岂不痛死？我们这才下了决心，带猫到医院去。

猫装进小笼，提着进入计程车，它便开始惨叫，大概以为是绑赴刑场。放在手术台上便开始哀鸣，大概以为是要行刑。其实是刑，是腐刑，动员四个人，才得完成手术，我躲在室外，但闻室内住院的几只猫狗齐鸣。事后抱回家里，休养了约一星期，医师出诊两次给它拆线敷药。此后猫就长得更快、更胖、更懒。关于这件事我至今觉得歉然，也许长痛不如短痛，可是我事前没有征求它的同意。旋思世上许多事情都未经过同意——人来到世上，离开世上，可又征求过同意？

有朋友看见我养猫就忠告我说，最好不要养猫。猫的寿命大概十五六年，它也有生老病死。它也会给人带来悲欢离合的感触。一切苦恼皆由爱生。所以最好是养鱼，鱼在水里，人在水外，几曾听说过人爱鱼，爱到摩它、抚它、抱它、亲它的地步？养鱼只消喂它，侍候它，隔着鱼缸欣赏它，看它悠然而游，人非鱼亦知鱼之乐。一旦鱼肚翻白，也不会有太多的伤痛。这番话是对的，可惜来得太晚了。白猫王子已成为家里的一分子，只是没有报户口。

白猫王子的姿势很多，平伸前腿昂首前视，有如埃及人面狮身像谜一样的庄严神秘。侧身卧下，弓腰拳腿，活像是一颗大虾米。缩颈眯眼，藏起两只前爪，又像是老僧入定。睡时常四脚朝天，露出大肚子作坦腹东床状，睡醒伸懒腰，将背拱起，像骆驼。有时候它枕着我的腿而眠，压得我腿发麻。有时候躲在门边墙角，露出半个脸，斜目而视，好像是逗人和它捉迷藏。有时候又突然出人不意跳过来抱我的腿咬——假咬。有时候体罚不能全免，菁清说不可以没有管教，在毛厚肉多的地方打几巴掌，立见奇效，可是它会一两天不吃饭，以背向人，菁清说是伤了它的自尊。

一九七九年三月三十日是猫来我家一周岁的纪念日，不可不饮宴，以为庆祝。菁清一年的辛劳换来不少温馨与乐趣，而兽医师辜泰堂先生维护它的健康，大德尤不可忘，乃肃之上座，酌以醴浆。我并且写了一个小条幅送给他，文曰："是乃仁心仁术泽及小狗小猫。"

黑猫公主

白猫王子今年四岁，胖嘟嘟的，体重在十斤以上，我抱他上下楼两臂觉得很吃力，他吃饱伸直了躯体侧卧在地板上足足两尺开外（尾巴不在内）。没想到四年的工夫他有这样长足的进展。高信疆、柯元馨伉俪来，说他不像是猫，简直是一头小豹子。按照猫的寿命年龄，四岁相当于我们人类弱冠之年，也许不会再长多少了吧。

白猫王子饱食终日，吃饱了洗脸，洗完脸倒头大睡。家里没有老鼠可抓，他无用武之地。凭他的嗅觉，他不放过一只蟑螂，见了蟑螂他就紧迫追踪，又想抓又害怕，等到菁清举起苍蝇拍子打蟑螂时，他又怕殃及池鱼藏到一个角落里去了。我们晚间外出应酬，先把他的晚餐备好，鲜鱼一钵，清汤一盂，然后给他盖上一床被毯，或是给他搭一个蒙古包似的帐篷。等我们回家的时候，他依然蜷卧原处。他的那床被毯颇适合他的身材。菁清在一个专卖儿童用物的货柜上选购那被毯的时候，精挑细选，不是嫌大就是嫌小，店员不耐地问："几岁了？"菁清说："三岁多。"店员说："不对，不对，三岁这个太小了。"菁清说："是猫。"店员愣住了，她没卖过猫被。陆放翁《赠粉鼻诗》有句："问渠何似朱门里，日饱鱼餐睡锦茵。"寒舍不比朱门，但是鱼餐锦茵却是具备了。

白猫王子足不出户，但是江湖上已薄有小名。修漏的工人、油漆的工人、送货的工人，看见猫蹲在门口，时常指着他问："是白猫王子吧？"我说是，他就仔细端详一番，夸奖几句，猫并不理会，大摇大摆而去。猫若是人，应该说声谢谢。这只猫没有闲事挂心头，应该算是幸福的，只是没有同类的伴侣，形单影只，怕不免寂寞之感。菁清有一晚买来一只泰国猫，一身棕色毛，小脸乌黑，跳跳蹦蹦十分活跃，菁清唤她作"小太妹"。白猫王子也许是以为非我族类其心必异，相处似不投机，双方都常呜呜地吼，作蓄势待发状。虽然是两个恰恰好，双份的供养还是使人不胜负荷。我取得菁清同意，决计把小太妹举以赠人。陈秀英的女儿乐滢爱猫如命，遂给她带走。白猫王子一直是孤家寡人一个。

有一天我们居住的大厦门前有两只小猫光临，一白一黑，盘旋不去，瘦骨嶙峋，蓬首垢面，不知是谁家的遗弃。夜寒风峭，十分可怜。菁清又动了恻隐之心。"我们给抱上来吧？"我说不，家里有两只猫，将要喧宾夺主。菁清一声不响端着白猫王子吃剩的鱼加上一点米饭送到楼下去了。两只猫如饿虎扑食，一霎间风卷残雪，她顾而乐之。于是由一天送鱼一次，而二次，而三次，而且抽暇给两只猫用干粉洁身。我不由自主地也参加了送猫饭的行列。人住十二层楼上，猫在道边门口，势难长久。其中黑的一只，两只大蓝眼睛，白胡须，两排白牙，特别讨人欢喜。好不容易我们给黑猫找到了可以信赖的归宿。我们认识的廖先生，他和他一家人都爱猫，于是菁清把黑猫装在提笼里交由廖先生携去。事后菁清打了两次电话，知道黑猫情况良好，也就放心了。只剩下一只白猫独自卧在门口。看样子他很忧郁，突然失去伴侣当然寂寞。

事有凑巧，不知从哪里又来了一只小黑猫。这只小黑猫大概出生有六个月，看牙齿就可以知道。除了浑身漆黑之外，四爪雪白，胸前还有一块白斑，据说这种猫名为"踏雪寻梅"，还蛮有名堂的。又有人说，本地有些人认为黑猫不吉利。在外国倒是有此一说，以为黑猫越途，不吉。哀德加·阿兰·坡有一篇恐怖小说，题名就是《黑猫》，这篇小说我没读过，不知黑猫在里面扮的是什么角色。无论如何白猫又有了伴侣，我们楼上楼下一天三次照旧喂两只猫，如是者约两个星期。

有一夜晚，菁清面色凝重地对我说："楼下出事了！"我问何事惊慌，她说据告白猫被汽车轧死了。生死事大，命在须臾，一切有情莫不如此，但是这只白猫刚刚吃饱几天，刚刚洗过一两次，刚刚失去一黑猫又得到一黑猫为伴，却没来由地粉身碎骨死在车轮之下！我半晌无语，喉头好像有梗结的感觉。

缘尽于此，没有说的。菁清又徐徐地说："事已到此，我别无选择，把小猫抱上来了。"好像是若不立刻抱上来，也会被车辗死。在这情形之下，我也不能反对了。

"猫在哪里？"

"在我的浴室里。"

我走进去一看，黑暗的角落里两只黄色的亮晶晶的眼睛在闪亮，再走近看，白须、白下巴颏儿、白爪子，都显露出来。先喂一钵鱼，给她压压惊。我们决定暂时把她关在一间浴室里，驯服她的野性，择吉再令她和白猫王子见面。菁清问我："给她起个什么名字呢？"我想不出。她说："就叫黑猫公主吧。"

黑猫公主的个性相当泼辣，也相当灵活，头一天夜晚她就钻到藏化妆品的小柜橱里。凡是有柜门的地方她都不放过。我说这样淘气可不行，家里瓶瓶罐罐的东西不少，哪禁得她横冲直撞？菁清就说："你忘了？白猫王子初来我家不也是这样吗？"她的意思是，慢慢管教，树大自直。要使这黑猫长久居留，菁清有进一步的措施，给公主做体格检查。兽医辜泰堂先生业务极忙，难得有空出来门诊，可是他竟然肯来。在他检查之下，证明黑猫公主一切正常，临行时给她打了两针预防霍乱之类的药剂。事情发展到此，黑猫公主的户籍就算暂时确定了。她与白猫王子以后是否能够相处得如鱼得水，且待查看再说。

白猫王子八岁

有人问我："先生每逢你的白猫王子生日必写小文纪念，你生活中一定还有其他更可纪念的日子，为什么不写文纪念？"我生活中当然有其他值得纪念的日子，可歌的或是可泣的，但是各有其一定的纪念方式，不必全部形诸文字腾诸报章。白猫王子不识字，不解语，我写了什么东西它也不知道。平素我给它的不过是一钵鱼，一盂水，到它生日这一天仍是一盂水一条鱼，没有什么两样，难道还要送它一束鲜花或一张贺卡？我为文纪念不过是略抒自己的情怀，兼供爱猫的读者赏阅而已。

白猫今天八岁了，相当于我们的不惑之年。所谓不惑，是指不为邪说异端所惑。猫懂得什么是邪说异端？它要的是食有鱼，饮有水，舔舔爪子洗洗脸，然后曲肱而枕，酣然而眠。如果"饥来吃饭倦来眠"便是修行的三昧，白猫王子的生活好像是已近于道。有一位朋友来，看到猫的锦衾鱼餐，曰："此乃猫之天堂！"可惜这仅是猫的天堂，更可惜这仅是一只猫的天堂，尤可惜的是这也未必就是它的天堂。

我最引以为憾的是：猫进我家门不久，我们就把它送进兽医院施行手术，使之不能生育。虫以鸣秋，鸟以鸣春，唯独猫到了季节，蹿房越脊，鬼哭狼嚎，那叫声实在难听，而且不安于室，走失堪虞，所以我们未能免俗，实行了预防的措施，十分抱歉，事前未能征得同意。

猫和其他动物一样，需要伴侣。狮、虎均属猫科。我曾以为狮、虎都是独来独往，有异于狐群狗党。后来才知道事实不然，狮虎也还是时常成群结队地出现于长林丰草之间。猫也是如此，它高傲孤独，但是也颇有时候需要伴侣（最好是同类异性）。我们先后收养了黑猫公主和小花，但是白猫王子好像是"无友不如己者"，仍然是落落寡合。它们从不争食，许是因为从不饥饿的缘故，更从不偷食，因为没有偷的必要。偶尔也翻滚在地上打作一团，不是真打，可能是游戏性质。可喜的是白猫王子并不恃强凌弱，而常以大事小。

猫究竟有多么聪明？通多少人性？一九八五年十二月份美国麦考尔杂志上有一篇文字，说猫至少模仿人类的能力很强：

一、有一只猫想听音乐就会开收音机。

二、有一只猫想吃东西就会按电动开罐头机的把柄。

三、有一只猫会开电灯。

四、有一只猫会用抽水马桶。

五、有一只猫会听电话，对着听筒咪咪叫。

六、有一只猫病了不肯吃药，主人向它解释几乎声泪俱下，然后它就乖乖地舐药片，终于嚼而食之。

所说的可能全是真的。相形之下，白猫王子显得低能多了。它没有这么大的本领。我们也没有给过它适当的训练。猫就是猫，何需要它真个像人？

昔人有云，鸡有五德。不知猫有几德。以我这八年来的观察，猫爱清洁，好像比其他小动物更能洁身自爱。每天菁清给它扑粉沐浴，它安然就范。猫很有礼貌，至少在吃东西的时候顺着盘子的一边吃起，并不挑三拣四，杯盘狼藉，饭后立刻洗脸。客人来，它最多在它腿上蹭几下，随即翘着尾巴走开。

我有时不适，起床较晚，它会上楼到我床上舐我，但是它知道探病的规矩，不久留，拍它几下，它就走了。有时我和菁清外出赴宴，把它安置在一个它喜欢踞卧的地方，告诉它"你看家，不许动"，两三小时后我们回来，它仍在原处，不负所嘱。也许每一只猫都是如此，但是如果你拥有一只你所宠爱的猫，你就会觉得满足，为它再多费心机照护也是甘愿的。

猫捕鼠，有人说是天性使然。其实猫对一切动的事物都感兴趣。一只橡皮做的老鼠，放在那里，它视若无睹，不大理会。若是电动的玩具老鼠开动起来，它便会扑将上去。家里没有老鼠，偶然有只蟑螂，它常像狮子搏兔一般地去对付。窗外有鸟过，室内蚊蚋飞，它会悚然以惊。不过近来它偏好静，时常露出万事不关心的样子。也许它经验多了，觉得一动不如一静，像捕风捉影一类的事早已不屑为之。《鹤林玉露》："东坡云：'养猫以捕鼠，不可以无鼠而养不捕之猫。'"这句话不大像是东坡说的。豁达如东坡，焉能不知养猫之趣而斤斤计较其功利？

有一天我抚摩着猫对菁清说："你看，我们的猫的毛不像过去那样的美泽、秀长、洁白了。身上的皮肉也不像过去那样的坚韧、厚实了。是不是进入中年垂垂老矣？"菁清急急举手指按在唇上，作嘘声，示意我不要再说下去。人恒喜言寿而讳闻老，实在是矛盾。也许猫也是不欲人在它面前直说它已渐有龙钟之象。我立即住声，只听得猫喉咙里呼噜呼噜地在响。

一九八六年三月三十日

白猫王子九岁

　　有人问我为什么喜爱猫，我一时答不上来。我们喜爱一件事物，往往不是先有一套理由，然后去爱，即使不是没有理由，也往往是不自觉其理由之所在。不过经人问起，就不免要想出一些理由来支持自己的行为。总不能以"本能"二字来推脱得一干二净。

　　我是爱猫，凡是小动物大抵都可爱。小就可爱。小鸟依人，自然楚楚可怜，"一飞冲天鸣则惊人"的大鸟，令人欣赏，并不可爱。赢得无数儿童喜爱的大象林旺，恐怕谁也不想领它回家朝夕与共。小也有小的限度，如果一个小得像赵飞燕之能作掌上飞，那个掌恐怕也不是寻常的掌。不过一般而论，娇小玲珑总胜似高头大马。猫，体态轻盈，不大不小，不像一只白象，也不像一只老鼠，它可以和人共处一室之内，它可以睡在椅上，趴在桌上，偎在人的怀里，枕在人的腿上。你可以抱它、摸它、搔它、拍它；它不咬人，也不叫唤，只是喉咙里呜噜呜噜地作响。叫春的声音是不太好听，究竟是有季节性的，并不一年到头随时随刻地"关关雎鸠"。猫有一身温柔泽润的毛，像是不分寒暑永远披在身上的一件皮袍，摸上去又软又滑，就像摸什么人身上穿的一件貂裘似的。

白猫王子初来我家，身不盈尺，栗栗危惧，趴在沙发底下不敢出来，如今长得大腹便便，夷然自若，周旋于宾客之间。时间过得真快，猫犹如此，人何以堪？它现在是有一点老态。据我看，它的健身运动除了睡醒弓身作骆驼状之外就是认定沙发的几个角柱狠命地抓挠，磨它的爪子，日久天长把沙发套抓得稀巴烂，把里面的沙发面也抓得稀巴烂，露出了里面装的败絮之类。不捉老鼠，磨爪做啥？也许这就是它的运动。有的人家知道猫的本性难移，索性在它磨砺以需的地方挂上一块皮子。我家没有此装饰，由它去抓。猫一生能抓破几套沙发？

日本人好像很爱猫，去年一部电影《子猫物语》掀起一阵爱猫风潮之后，银座一家百货公司举行"世界猫展"。不消说，埃及猫、南美猫、波斯猫、日本猫全登场了。最有趣的是，不知是过度的自尊感还是自卑感在作祟，硬把日本猫推为第一，并且名之为"日本第一"。我看它的那副尊容，长毛大眼，短腿小耳，怕不是什么纯种。不过我也承认那只猫确是很好看。白猫王子不以色事人，我也不会要它抛头露面地参加展览。它只是一只道道地地的中国台湾土猫。老早有人批评，说它头太小，体太大，不成比例。我也承认它没有什么三围可

214

夸。它没有波斯猫的毛长，也没有泰猫的毛细。但是它伴我这样久，我爱它，虽世界第一的名猫不易也。

今天是白猫王子九岁生日，循例为文祝它长寿。

一九八七年三月三十日

群芳小记

"老子爱花成癖",这话我不敢说。爱花则有之,成癖则谈何容易。需要有一块良好的场地,有一间宽敞的温室,有各种应用的器材。更重要的是有健壮的体格和充分的闲暇。我何足以语此。好不容易我有了余力,有了闲暇,但是曾几何时,人垂垂老矣!两臂乏力,腰不能弯,腿不能蹲。如何能够剪草、搬盆、施肥、换土?请一位园丁,几天来一次,只能帮做一点粗重的活。而且花是要自己亲手培养,看着它抽芽放蕊,才有趣味。像鲁迅所描写的"吐两口血,扶着丫鬟,到阶前看秋海棠",那能算是享受吗?

迁台以来,几度播迁,看到了不少可爱的花。但是我经过多少次的移徙,"乔迁"上了高楼,竟没有立锥之地可资利用,种树莳花之事乃成为不可能。无已,只好寄情于盆栽。幸而菁清爱花有甚于我者,她拓展阳台安设铁架,常不惜长途奔走载运花盆、肥土,戴上手套做园艺至于忘寝废食。如今天晴日丽，我们的窗前绿意盎然。尤其是她培植的"君子兰"由一盆分为十余盆，绿叶黄花，葳蕤多姿。我常想起黄山谷的句子："白发黄花相牵挽，付与时人冷眼看。"

菁清喜欢和我共同赏花，并且要我讲述一些有关花木的见闻，爱就记忆所及，拉杂记之。

一、海棠

海棠的风姿艳质，于群芳之中颇为突出。

我第一次看到繁盛缤纷的海棠是在青岛的第一公园。二十年[①]春，值公园中樱花盛开，夹道的繁花如簇，交叉蔽日，蜜蜂嗡嗡之声盈耳，游人如织。我以为樱花无色无香，纵然蔚为雪海，亦无甚足观，只是以多取胜。徘徊片刻，乃转去苗圃，看到一排排西府海棠，高及丈许，而花枝招展，绿鬓朱颜，正在风情万种、春色撩人的阶段，令人有忽逢绝艳之感。

海棠的品种繁多，以"西府"为最胜，其姿态在"贴梗""垂丝"之上。最妙处是每一花苞红得像胭脂球，配以细长的花茎，斜敧挺出而微微下垂，三五成簇。凡是花，若是紧贴在梗上，便无姿态，例如茶花，好的品种都是花朵挺出的。樱花之所以无姿态，便是因为无花茎。榆叶梅之类更是品斯下

---

① 即 1931 年。

217

矣。海棠花苞最艳，开放之后花瓣的正面是粉红色，背面仍是深红，俯仰错落，浓淡有致。海棠的叶子也陪衬得好，嫩绿光亮而细致。给人整个的印象是娇小艳丽。我立在那一排排的西府海棠前面，良久不忍离去。

十余年后我才有机会在北平寓中垂花门前种植四棵西府海棠，着意培植，春来枝枝花发，朝夕品赏，成为毕生快事之一。明初诗人袁士元和刘德彝《海棠》诗有句云："主人爱花如爱珠，春风庭院如画图。"似此古往今来，同嗜者不在少。两蜀花木素盛，海棠尤为著名。昌州（今大足县）且有"海棠香国"之称。但是杜工部经营草堂，广栽花木，独不及海棠，诗中亦不加吟咏，或谓避母讳，不知是否有据。唐诗人郑谷《蜀中赏海棠》诗云："浓淡芳春满蜀乡，半随风雨断莺肠，浣花溪上堪惆怅，子美无心为发扬。"其言若有憾焉。

以海棠与美人春睡相比拟，真是联想力的极致。《唐书·杨贵妃传》："明皇登沉香亭，召杨妃，妃被酒新起，命力士从侍儿扶掖而至。明皇笑曰：'此真海棠睡未足耶？'"大概是海棠的那副懒洋洋的娇艳之状像是美人春睡初起。究竟是海棠像美人，还是美人像海棠，倒是一个有趣的问题。苏东坡一首《海棠》诗有句云："林深雾暗晓光迟，日暖风清春睡足。"是把海棠比作美人。

秦少游对于海棠特别感兴趣。宋释惠洪《冷斋夜话》："少游在横州，饮于海棠桥，桥南北多海棠，有老书生家于海棠丛间。少游醉宿于此，明日题其柱云：'唤起一声人悄，衾暖梦寒窗晓。瘴雨过，海棠晴，春色又添多少？社瓮酿成微笑，半缺瘿瓢共舀。觉倾倒，急投床，醉乡广大人间小。'"家于海棠丛中，多么风流！少游醉后题词，又是多么潇洒！少游家中想必也广植海棠，因为同为苏门四学士的晁补之有一首《喜朝天》，注"秦宅，作海棠"有句云："碎锦繁绣，更柔柯映碧，纤擘匀殷。谁与将红间白，采薰笼，仙衣覆斑斓。如有意，浓妆淡抹，斜倚阑干。"刻画得淋漓尽致。

二、含笑

白朴的曲子《庆东原》有这样的一句："忘忧草，含笑花，劝君闻早冠宜挂。"以"忘忧草"（即萱草）与"含笑花"作对，很有意思。大概是语出欧阳修《归田录》："丁晋公在海南，篇咏尤多，如：'草解忘忧忧底事，花名含笑笑何人？'尤为人所传诵。"含笑花是什么样子，我从未见过，因为它是南方花木，北地所无。

我来到台湾之后十年，开始经营小筑，花匠为我在庭园里栽了一棵含笑。是一人来高的灌木，叶小枝多，毫无殊相。可是枝上有累累的褐色花苞，慢慢长大，长到像莲实一样大，颜色变得淡黄，在燠热湿蒸的天气中，突然绽开。不是突然展瓣，是花苞突然裂开小缝，像是美人的樱唇微绽，一缕浓烈的香气荡漾而出，所以名为含笑。那香气带着甜味，英文俗名称之为"香蕉灌木"（banana shrub），名虽不雅，确是贴切。宋人陈善《扪虱新话》："含笑有大小，小含笑香尤酷烈。四时有花，唯夏中最盛。又有紫含笑、茉莉含笑。皆以旦夕入稍阴则花开。初开香尤扑鼻。予山居无事，每晚凉坐山亭中，忽闻香风一阵，满室郁然，知是含笑开矣。"所记是实。含笑易谢，不待隔日即花瓣敞张，露出棕色花心，香气亦随之散尽，落花狼藉满地。但是翌日又有一批花苞绽开，如是持续很久。淫雨之后，花根积水，遂渐呈枯零之态。急为垫高地基，盖以肥土，以利排水，不久又欣欣向荣，花苞怒放了。

大抵花有色则无香，有香则无色。不知是否上天造物忌全？含笑异香袭人，而了无姿色，在群芳中可独树一格。宋人姚宽《西溪丛语》载"三十客"之说，品藻花之风格，其说曰："牡丹，贵客。梅，清客。李，幽客。桃，妖客。杏，艳客。莲，溪客。木樨，严客。海棠，蜀客。……含笑，佞客。……"含笑竟得"佞客"之名，殊难索解。佞有伪善或谄媚之意。含笑芬芳馥郁，何佞之有？我对于含笑特有一份好感，因为本地人喜欢采择未放的含笑花苞，浸以净水，供奉在亡亲灵前或佛龛案上，一瓣心香，情意深远，美极了。有一位送货工友，在我门外就嗅到含笑香，向我乞讨数朵，问以何用，答称新近丧母，欲以献在灵前，我大为感动，不禁鼻酸。

三、牡丹

牡丹不是我国特产，好像是传自西方。隋唐以来，始盛播于中土，朝野为之风靡。天宝中，杨贵妃在沉香亭赏木芍药，李白作《清平调词》三章，有"云想衣裳花想容"之句。木芍药即牡丹。百年之后，裴度退隐，"寝疾永乐里，暮春之月，忽过游南园，令家仆童升至药栏，语曰：'我不见花而死，可悲也。'怅然而返。明早报牡丹一丛先发，公视之，三日乃薨。"是真所谓牡丹花下死。白居易为钱塘守，携酒赏牡丹，张祜题诗云："浓艳初开小药栏，人人惆怅出长安。风流却是钱塘守，不踏红尘看牡丹。"刘禹锡赏牡丹诗："唯有牡丹真国色，花开时节动京城。"其他诗人吟咏牡丹者不计其数。

周敦顾《爱莲说》："自李唐来，世人甚爱牡丹。……牡丹花之富贵者也。……牡丹之爱宜乎众矣。"濂溪先生独爱莲，这也罢了，但是字里行间对于牡丹似有贬义。国色天香好像蒙上了羞。富贵中人和向往富贵的人当然仍是趋牡丹如鹜。许多志行高洁的人就不免要受《爱莲说》的影响，在众芳之中别有所爱而讳言牡丹了。一般人家里没有药栏，也没有盆栽的牡丹，但至少壁上可以悬挂一幅富贵花图。通常是一画就是五朵，而且颜色不同，魏紫姚黄之外再加上绛色的、粉红色的和朱红色的。据说这表示五世其昌。五朵花都是同时在盛开怒放的姿态之中，花蕊暴露，而没有一瓣是萎滕褪色的。同时，还必须多画上几个含苞待放的蓓蕾，表示不会断子绝孙。因此牡丹益发沾染了俗气。

其实，牡丹本身不俗。花大而瓣多，色彩淡雅，黄蕊点缀其间，自有雍容丰满之态。其质地细腻，不但花瓣的纹路细致，而且厚薄适度。叶子的脉理停匀，形状色彩亦均秀丽可观。最难得的是其近根处的木本，在泡松的木干之中抽出几根，透润的枝条，极有风致。比起芍药不可同日而语。尝看恽南田工笔画的没骨牡丹，只觉其美，不觉其俗，也许因为他不是画给俗人看的。

名花多在寺院中，除了庄严佛土，还可吸引众生前去随喜。苏东坡知杭州，就常到明庆寺、吉祥寺赏牡丹，有诗为证。《雨中明庆寺赏牡丹》："霏霏雨露作清妍，烁烁明灯照欲然。明日春阴花未老，故应未忍着酥煎。"末句有典故，五代后蜀有一兵部二卿李昊，牡丹开时分赠亲友，附兴采酥，于花谢时煎食之。牡丹花瓣裹上面糊，下油煎之，也许有一股清香的味道，犹之菊花可以下火锅，不过究竟有些煞风景。北平崇数寺的牡丹是有名的，据说也有所谓名士在那里吃油炸牡丹花瓣，饱尝异味。崂山的下清寺，有牡丹高与檐齐，可惜我几度游山不曾有一见的机会。

牡丹娇嫩，怕冷又怕热。东坡说："应笑春风木芍药，丰肌弱骨要人医。"我在故乡曾植牡丹一栏，天寒时以稻草束之，一任冰雪埋覆，来春启之施肥，使根干处通风，要灌水但是也要宜排水。届时花必盛开，似不需特别调护。在台湾亦曾参观过一次牡丹展，细小羸弱，全无妖妍之致，可能是时地不宜。

四、莲

《古乐府》："江南可采莲，莲叶何田田。"不只江南可采莲，凡是有水的地方，大概都可以有莲，除非是太寒冷的地方。"曲院风荷"是西湖十景之一。南京玄武湖里一片荷花，多少人在那里荡小舟，钻进去偷吃莲蓬。可是莲花在北方依然是常见的，济南的大明湖，北平的什刹海，都是暑日菡萏敷披风送荷香的胜地，而北海靠近金鳌玉竦桥一带的荷芰，在炎夏时候更是青年男女闹舡寻幽谈爱的好地方。

初来台湾，一日忽动乡思，想吃一碗荷叶粥，而荷叶不可得。市内公园池塘内有莲花，那是睡莲，非我所欲。后来看到植物园里有一相当大的荷塘，近边处的花和叶都已被人攓折殆尽。有一天作郊游，看见稻田中居然有一塘荷花，停身觅主人请购荷叶，主人不肯收资，举以相赠。回家煮粥，俟熟乘沸以荷叶盖在上面，少顷粥现淡绿色，有香气扑鼻。多余的荷叶弃之可惜，实以米粉肉，夷而蒸之，亦有情趣。其实这也是类似莼鲈之想，慰情聊胜于无而已。

小时家里种了好几大盆荷花。春水既泮，便从温室取出置阳光下，截除烂根细藕，换泥加水，施特殊肥料（车厂出售之

223

修马掌、骡掌的角质碎片）。到了夏初，则荷叶突出，荷花挺现，不及池塘里的高大，但亦丰腴可喜。清晨露尚未晞，露珠在荷叶上滚来滚去。静看荷花展瓣，瓣上有细致的纹路，花心露出淡黄的花蕊和秀嫩的莲房，有说不出的一股纯洁之致。而微风过处，茎细而圆大的荷叶，微微摇晃，婀娜多姿，尤为动人。陈造《早夏》诗："凉荷高叶碧田田。"画家写风竹，枝叶披拂，令人如闻风飕飕声，但我尚未见有人画出饶有动态的风荷。

先君甚爱种荷，晨起辄裴回荷盆间，计数其当日开放之花朵，低吟慢唱，自得其乐。记得有一次折下一枝半开的红莲插入一只仿古蟹爪纹细长素白的胆瓶里，送到书房几上。塾师援笔在瓶上写了"出淤泥而不染，濯清涟而不妖"几个大字，犹如俗匠在白瓷茶壶上题"一片冰心"一般。"花如解语还多事"，何况是陈腐的题句？欲其雅，适得其反。

近闻有人提议定莲花为花莲的县花。这显然是效法美国人之所谓"州花"。广植莲花，未尝不好，锡以封号，似可不必。

五、辛夷

辛夷，属木兰科，名称很多，一名新雉，又名木笔，因其花未开时形如毛笔。又名侯桃，因其花苞如小桃，有茸毛。辛夷南北皆有之。王维辋川别墅中即有一处名辛夷坞，有诗为证："木末芙蓉花，山中发红萼。涧户寂无人，纷纷开且落。"北平颐和园的正殿之前有两棵辛夷，花开极盛，但我一向不曾在花时游览，仅于画谱中略识其面貌。蜀中花事素盛，大街小巷辄有花户设摊贩花。二十八年春，我在重庆，一日踱出中国旅行社招待所，于路隔花摊购得辛夷一大枝，花苞累累有百数十朵，有如叉枝繁多之蜡烛台，向逆旅主人乞得大花瓶一只，注满清水，插花入瓶，置于梳妆台上，台三面有镜，回光交映，一室生春。

辛夷有紫红、纯白两种，纯白者才是名副其实的木笔。而且真像是毛笔头，溜尖溜尖地一个个地笔直地矗立在枝上。细小者如小楷兔毫，稍大者如寸楷羊毫，更大者如小型羊毫抓笔。著花时不生叶，赭色枝头遍插白笔头，纯洁无疵，蔚为奇观。花开六瓣，瓣厚而实，晨展而夕收，插瓶六七日始谢尽。北碚后山公园有辛夷数十本，高约二丈，红白相间，非常绚烂，我于偕友登小丘时无意中发现之。其处鲜有人去观赏，花开花谢，狼藉委地，没有人管。

美国西雅图市，家家户前芳草如茵，莳花种树，一若争奇斗艳。于篱落间偶然亦可见有辛夷杂于其内。率皆修剪其枝干不令过高。我的寄寓之所，院内也有一棵，而且是不落叶的那一种，一年四季都有绿叶，花开时也有绿叶扶持。比较难于培植，但是花香特别浓郁。有一次我发现一只肥肥大大的蜜蜂卧在花心旁边，近视之则早已僵死。杜工部句："不是爱花即欲死，只恐花尽老相催。"这只蜜蜂莫非是爱花即欲死?

来到台湾，我尚未见过辛夷。

六、水仙

　　岁朝清供，少不得水仙。记得小时候，一到新春，家人就把大大小小的瓷钵搬了出来，连同里面盛着的小圆石子一起洗刷干净，然后一钵钵地把水仙的鳞茎栽植其中，用石子稳定其根须，注以清水，置诸案头。那些小圆石子，色洁白，或椭圆，或略扁，或大或小，据说是产自南京的雨花台。多少年下来，雨花台的石子被人捡光了，所以家藏的几钵石子就很宝贵。好像比水仙还更被珍惜。为了点缀色彩，石子中间还撒上一些碎珊瑚，红白相间，别有情趣。

　　水仙一花六瓣，作白色，花心副瓣，作黄色，宛然盏样，故有"金盏银台"之称。它怕冷，它要阳光。我们把它放在窗内有阳光处去晒它，它很快地展瓣盛开。天天搬来搬去，天天换水，要小心地伺候它。它有袭人的幽香，它有淡雅的风致。虽是多年生草本，但北地苦寒难以过冬，不数日花开花谢，只得委弃。盛产水仙之地在闽南，其地有专家培植修割，及春则运销各地供人欣赏。英国十七世纪诗人赫里克（Herrick）看了水仙（Narcissus），辄有春光易老之叹。他说：

　　　　人生苦短，和你一样，

　　　　我们的春天一样的短；

　　　　很快地长成，面临死亡，

和你，和一切，没有两般。

（ We have short time to stay, as you,

We have as short a spring;

As quick a growth to meet decay,

As you, or anything. ）

　　西方的水仙，和我们的品种略异，形色完全一样，而花朵特大，唯香气则远逊。他们不在盆里供养，而是在湖边泽地任其一大片一大片地自由滋生。诗人华兹华斯有一首名诗《我孤独地漂荡像一朵云》，歌咏的就是水边瞥见成千成万朵的水仙花，迎风招展，引发诗人一片欢愉之情而不能自已，而他最大的快乐是日后寂寞之时回想当时情景益觉趣味无穷。我没有到过英国的湖区，但是我在美洲若干公园里看见过成片的水仙，仿佛可以领略到华兹华斯当年的感受。不过西方人喜欢看大片的花丛，我们的文人雅士则宁可一株、一枝、一花、一叶地细细观赏，山谷所云"坐对真成被花恼"，情调完全不同。（《离骚》"既滋兰之九畹兮，又树蕙之百亩"，我想是想象之辞，不可能真有其事。）

　　在台湾，几乎家家户户有水仙点缀春景。植水仙之器皿，花样翻新，奇形怪状，似不如旧时瓷钵之古朴可爱，至于粗糙碎石块代替小圆石，那就更无足论了。

227

七、丁香

提起丁香，就想起杜甫一首小诗：

丁香体柔弱，乱结枝犹垫。

细叶带浮毛，疏花披素艳。

深栽小斋后，庶近幽人占。

晚堕兰麝中，休怀粉身念。

这是他的《江头五咏》之一，见到江畔丁香发此咏叹。时在宝应元年。诗中的"垫"字费解。仇注根据《说文》："垫，下也。凡物之下坠皆可云垫。"好像是说丁香枝弱，故此下坠。施鸿保《读杜诗说》："下堕义，与犹字不合。今人常语衬垫，若训作衬，则谓子结枝上，犹衬垫也。"施说有见。末两句意义嫌晦，大概是说丁香可制为香料，与兰麝同一归宿，未可视为粉身碎骨之厄。仇注认为是寓意"身名臞于脱节"，《杜臆》亦谓"公之咏物，俱有为而发，非就物赋物者。……丁香体虽柔弱，气却馨香，终与兰麝为偶，虽粉身甘之，此守死善道者"，似皆失之迂。

丁香结就是丁香蕾，形如钉，长三四分，故云丁香。北地俗人以为"丁""钉"同音，出出入入地碰钉子，不吉利，所以正院堂前很少种丁香，只合"深栽小斋后"了。二十四年春

228

我在北平寓所西跨院里种了四棵紫丁香。"白菡苕香，紫丁香肥。"丁香要紫的。起初只有三四尺高。十年后重来旧居，四棵高大的丁香打成一片，一半翻过了墙垂到邻家，一半斜坠下来挡住了我从卧室走到书房的路。这跨院是我的小天地，除了一条铺砖的路和一个石几两个石墩之外，本来别无长物，如今三分之二的空间付与了丁香。春暖花开的时候招蜂引蝶，满院香气四溢，尽是嘤嘤嗡嗡之声。又隔三十年，现在丁香如果无恙，不知谁是赏花人了。

八、兰

兰花品种繁多。所谓洋兰（卡特丽亚），顾名思义是外国来的品种，尽管花朵大，色彩鲜艳，我总觉得我们应该视如外宾，不但不可亵玩，而且不耐长久观赏。我们看一朵花，还要顾及它在我们文化历史上的渊源，这样才能引起较深的情愫。看花要如遇故人，多少旧事一齐兜上心来。在台湾，洋兰却大得其道，花展中姹紫嫣红大半是洋兰的天下，态浓意远的丽人出入"贵宾室"中，衣襟上佩戴的也多半是洋兰。我喜欢品赏的是我们中国的兰。

我是北方人，小时不曾见过兰。只从芥子园画谱上学得东一撇西一撇的画成为一个凤眼，然后再加一笔破凤眼。稍长，友人从福建捧着一盆兰花到北平，不但真的是捧着，而且给兰花特制一个木条笼子，避免沿途磕碰。我这才真个地见到了兰，素心兰。这个名字就雅，令人想起陶诗的句子："闻多素心人，乐与数晨夕。"花心是素的，花瓣也是素的，素白之中微泛一点绿意。面对素心兰，不禁联想到"弱不好弄，长实素心"的高士。兰的香味不是馥郁，是若有若无的缕缕幽香。讲到品格，兰的地位极高。我们常说"桂馥兰熏"，其实桂香太甜太浓，尚不能与兰相比。

来到台湾，我大开眼界。友人中颇有几位善于艺兰，所以我的窗前几上，有时候叨光也居然兰蕊驰馨。尝有客款扉，足尚未入户，就大叫起来："君家有素心兰耶？"这位朋友也是素心人，我后来给他送去一盆素心兰。我所有的几盆兰，不数年分植为数十盆，乃于后院墙角搭起一丈见方的小棚，用疏隔的竹篾遮覆以避骄阳直晒，竹篾上面加铺玻璃以防淫雨，因此还招致了"违章建筑"的罪名，几乎被报请拆除。竹篾上的玻璃引起了墙外行人的注意，不久就有半大不小的各色人物用砖石投掷，大概是因为玻璃破碎之声清脆悦耳之故。小棚因此没有能持久，跟着我的数十盆兰花也渐渐地支离破碎了。和我望衡对宇的是胡伟克先生，我发现他家里廊上、阶前、墙头、树下，到处都是兰花，大部分是洋兰，素心兰也有，而且他有一间宽大的温室，里面也堆满了兰花。胡先生有一只工作台子，上面放着显微镜，他用科学方法为兰花品种做新的交配，使兰花长得更肥，色泽更为鲜艳多姿。他的兰花在千盆以上。我听他的夫人抱怨："为了这些劳什子，我的手指都磨粗了。"我经常看见一车一车地盛开的兰花从他门前运走。他的家不仅是芝兰之室，真是芝兰工厂。

兰本来是来自山间，有苔藓覆根，雨露滋润，不需要什么肥料。移在盆里，他所需要的也只是适量的空气和水，盆里不可用普通的泥土，最好是用木炭、烧过的黏土、缸瓦碎片的三种混合物，取其通空气而易排水。也有人主张用砂、桂圆树皮、蛇木屑、木炭、碎石子混拌，然后每隔三个月用（NH_4）$_2SO_4$+KCE液霺水喷洒一次。叶子上生虫也需勤加拂拭。总之，兰来自幽谷，在案头供养是不大自然的，要小心伺候了。

九、菊

花事至菊而尽，故曰蘜，蘜是菊之本字。蘜者，尽也。"兰有秀兮菊有芳，怀佳人兮不能忘。"这是汉武帝看着时光流转，自春徂秋，由花事如锦到花事阑珊，借着秋风而发的歌咏。菊和九月的关系密切，故九月被称为菊月，或称为菊秋，重阳日或径称为菊节。是日也，饮菊花茶，设菊花宴，还可以准备睡菊花枕，百病不生，平素饮菊潭水，可以长生到一百多岁。没有一种比菊花和人的关系打得更火热。

自从陶渊明"采菊东篱下"之后，菊就代表一种清高的风格，生长在篱笆旁边，自然也就带着几分野趣。吕东莱的句子

"短篱残菊一枝黄，正是乱山深处过重阳"，是很好的写照。经人工加以培养，菊好像是变了质。宋《乾淳岁时记》："禁中例，于八日作重九，排当于庆瑞殿，分列万菊，灿然炫眼，且点菊花灯，略如元夕。"这是在殿堂之上开菊展，当然又是一种情况。

菊是多年生草本，摘下幼枝插在土里就活。曩昔在北平家园中，一年之内曾繁殖数十盆，竟以秽恶之粪土培养之，深觉戚戚然于心未安。幼苗长大之后，枝弱不能挺立，则树细竹竿或秸秆以为支撑，并标以红纸签，写上"绿云""紫玉""蟹爪""小白梨"……奇奇怪怪的名称。一盆一盆地放在"兔儿爷摊子"上（一排比一排高的梯形架），看上去一片花朵，闹则闹矣，但是哪能令人想到一丝一毫的"元亮遗风"？

台湾艺菊之风很盛，但是似乎不取其清瘦，而爱其痴肥。每一盆菊都修剪成独花孤挺，叶子的正面反面经常喷药，讲究从根到顶每片叶子都是肥大绿光，顶上的一朵花盛开时直像是特大的馒头一个，胖胖大大的，需要铁丝做盘撑托着它。千篇一律，朵朵如此，当然是很富态相。"帘卷西风，人比黄花瘦"，那时的黄花，一定不像如今的这样肥。

十、玫瑰

玫瑰，属蔷薇科。唐朝有一位徐夤，作过一首咏玫瑰的诗：

芳菲移自越王台，最似蔷薇好并栽。

称艳尽怜胜彩绘，嘉名谁赠作玫瑰？

春城锦绣风吹拆，天染琼瑶日照开。

为报朱衣早邀客，莫教零落委苍苔。

　　诗不见佳，但是让我们知道在唐朝玫瑰即已成了吟咏的对象。《群芳谱》说："花亦类蔷薇，色淡紫，青橐黄蕊，瓣末白，娇艳芬馥，有香有色，堪入茶、入酒、入蜜。"这玫瑰，是我们固有品种的玫瑰，花朵小，红得发紫，香味特浓。可以熏茶，可以调酒（玫瑰露），可以做蜜汁（玫瑰木樨）。娇小玲珑，惹人怜爱。玫瑰多刺，被人视若蛇蝎，其实玫瑰何辜，他本不预备供人采摘。"三十客"列玫瑰为"刺客"，也是冤枉的。

　　外国的蔷薇品种不一，亦统称为玫瑰。常见有高至五六尺以上者，俨然成一小树，花朵肥大，除了深绯浅红者外，还有黄色的，别有风致。也有蔓生的一种，沿着篱笆墙壁伸展，可达一二丈外。白色的尤为盛旺。我有朋友蛰居台中，莳花自遣，曾贻我海外优良品种之玫瑰数本，我悉心培护，施以舶来之"玫瑰食粮"，果然绰约妩媚不同凡响，不过气候、土壤皆不相宜，越年逐渐凋萎。园林有玫瑰专家，我曾专诚探访，畦圃广阔，洋洋大观，唯几乎全是外来品种，绚烂有余，韵味不足。求其能入茶入酒入蜜者，竟不可得，乃废然返。

233

画展

我参观画展，常常感觉悲哀。大抵一个人不到山穷水尽的时候，不肯把他所能得到的友谊一下子透支净尽，所以也就不会轻易开画展。门口横挂着一条白布，如果把上面的"画展"二字掩住，任何人都会疑心是追悼会。进得门去"一片缟素"，仔细一看，是一幅幅的画，三三两两的来宾在那里指指点点，叽叽喳喳，有的苦笑，有的撇嘴，有的愁眉苦脸，有的挤眉弄眼，大概总是面带戚容者居多。屋角里坐着一个蓬首垢面的人，手心上直冒冷汗，这一位大概就是精通六法的画家。好像这不是欣赏艺术的地方，而是仁人君子解囊救命的地方。这一幅像八大，那一幅像石涛，幅幅后面都隐现着一个面黄肌瘦嗷嗷待哺的人影，我觉得惨。

任凭你参观的时候是多么早，总有几十幅已经标上了红签，表示已被人赏鉴而订购了。可能是真的。因为现在世界上是有一种人，他有力量造起亭台楼阁，有力量设备天棚鱼缸石榴树肥狗胖丫头，偏偏白汪汪的墙上缺少几幅画。这种人很聪明，他的品位是相当高的，他不肯在大厅上挂起福禄寿三星，也不肯挂刘海戏金蟾，因为这是他心里早已有的，一闭眼就看得清清楚楚用不着再挂在面前，他要的是近似四王吴恽甚至元四大家之类的货色。这一类货色是任何画展里都不缺乏的，所以我说那些红签可能是真的，虽然是在开幕以前即已成交。不过也不一定全是真的，第一天三十个红签，如果生意兴隆，有些红签是要赶快取下的，免得耽误了真的顾主，所以第二天就许只剩二十个红签，千万不要以为有十个悬崖勒马的人又退了货。

一幅画如何标价，这虽不见于六法，却是一种艺术。估价要根据成本，此乃不易之论。纸张的质料与尺寸，一也；颜料的种类与分量，二也；裱褙的款式与工料，三也，绘制所用之时间与工力，四也；题识者之身份与官阶，五也。——这是全要顾虑到的。至于画的本身之优劣，可不具论。于成本之外应再加多少盈利，这便要看各人心地之薄与脸皮之厚到如何程度。但亦有两个学说：一个是高抬物价，一幅枯树牛山，硬标上惊人的高价，观者也许咋舌，但是谁也不愿对于风雅显得外行，他至少也要赞叹两声，认为是神来之笔，如果一时糊涂就许订购而去；一个是廉价多卖，在求人订购的时候比较的易于启齿而不太伤感情。

画展闭幕之后，画家的苦难并未终止。他把画一轴轴地必恭必敬地送到顾主府上，而货价的交割是遥遥无期的，他需要踵门乞讨。如果遇到"内有恶犬"的人家，逡巡不敢入，勉强叩门而入，门房的颜色更可怕，先要受盘查，通报之后主人也许正在午睡或是有事不能延见，或是推托改日再来。这时节他不能急，他要隐忍，要有艺术家的修养。几曾看见过油盐店的伙计讨账敢于发急？

画展结束之后，检视行箧，卖出去的是哪些，剩下的是哪些，大概可得如下之结论：着色者易卖，山水中有人物者易卖，花卉中有翎毛者易卖，工细而繁复者易卖，霸悍粗犷吓人惊俗者易卖，章法奇特而狂态可掬者易卖，有大人先生品题者易卖。总而言之，有卖相者易于脱手，无卖相者便"只供自怡悦"了。绘画艺术的水准就在这买卖之间无形中被规定了。下次开画展的时候，多点石绿，多泼胭脂，山水里不要忘了画小人儿，"空亭不见人"是不行的，花卉里别忘了画只鸟儿，至少也要是一只螳螂即了，要细皴细点，要回环曲折，要有层峦叠嶂，要有亭台楼阁，用大笔，用枯墨，一幅山水可以画得天地头不留余地，五尺捶宣也可以描上三朵梅花而尽是空白。在画法上是之谓"画蠹"，在画展里是之谓"成功"。

有人以为画展之事是附庸风雅，无补时艰。我倒不这样想。写字、刻印以及辞章、考证，哪一样又有补时艰？画展只是一种市场，有无相易，买卖自由，不愧于心，无伤大雅。我怕的是，蜀山图里画上一辆卡车，寒林图里画上一架飞机。

对联

　　我们中国字不是拼音的，一个字一个音，没有词类形式的变化，所以特宜于制作对联，长联也好，短联也好，上下联字字对仗，而且平仄谐调，读起来自有节奏，看上去整整齐齐。外国的拼音文字便不可能有这种方便。我服务过的一个学校，礼堂门口有一副对联："养天地正气，法古今完人。"写作俱佳，有人问我如何译成英文。我说，只可译出大意，无法译成联语。外文修辞也有所谓对仗（antithesis），也只是在句法上做骈列的安排，谈不到对仗之工与音调之美。我们的对联可以点缀湖山胜迹，可以装潢寓邸门庭，是我们独有的一种艺术品。

　　楹联佳制，所在多有。但是给人印象深刻者，各人所遇不同。北平人文荟萃之区，好的门联并不多觏。宫阙官衙照例没有门联，因为已有一番气象，容不得文字点缀。天安门前只可矗立华表或是擎露盘之类，不可以配制门联，也不可以悬挂任何文字的牌语。平民老百姓的家宅才讲究门联，越是小门小户的人家越不会缺少一副门联。王公贝子的府邸门前只列有打死人不偿命的红漆木头棍子。

我的北平故居大门上一联是最平凡的一副："忠厚传家久，诗书继世长。"可是我近年来越想越觉得其意义并不平凡，而且是甚为崇高。这不是夸耀门楣，以忠厚诗书自许，而是表示一种期望，在人品上有什么比忠厚更为高尚？在修养上有什么比诗书更为优美？有人把"久""长"二字删去，成为"忠厚传家，诗书继世"的四言联，这意思更好，只求忠厚宅心，儒雅为业，至于是否泽远流长就不必问。常看到另一副门联："国恩家庆，人寿年丰。"是善颂善祷的意思，不过有时候想想流离丧乱四海困穷的样子，这又像是一种讽刺了。有一人家门口一副对联："敢云大隐藏人海，且耐清贫读我书。"有一点酸溜溜的，但是很有味，不知里面住的是怎样的一位高人。

春联最没有意思，据说春联始自明太祖。"帝都金陵，除夕传旨，公卿士庶家，门上须加春联一副。"仓促之间，奉命制联，还能有好的作品？晚近只有蓬户瓮牖之家，才热衷于贴春联。给颓垣垩室平添一些春色，也未尝不可。曾见岁寒之日，北风凛冽，有一些缩头缩脑的人在路边当众挥毫，甚至有髫龄卯齿的小朋友也蹲在凳子上呵冻作书，引得路人聚观，无非是为博得一些笔墨之资，稍裕年景而已。春联的词句，不外一些吉祥颂祷之语，即使搬出杜甫的句子如"楼阁烟云里，山河锦绣中"，或孟浩然的句子如"咸歌太平日，共乐建寅春"，仍然不免于俗。如果怀有才气，当然可以自制春联，不过对仗要工、平仄要调，并不是上下联语字数相同即可充数。

幼时，检家中旧箧，得墨拓杨继盛书对联一副："铁肩担道义，辣手著文章。"杨继盛，字椒山，明嘉靖进士，官吏部员外郎，是一位耿直的正人君子，曾劾严嵩五奸十大罪，被构陷下狱，终弃市。我看了那副对联，字如其人，风骨凛然，令人肃然起敬，遂付装池，悬我壁上。听说椒山先生寓邸在北平西城某胡同（丰盛胡同？）改为祠堂，此联石刻即藏祠堂内，可惜我没有去瞻仰。担道义即是不计利害地主持正义，杀身成仁舍生取义，椒山先生当之无愧。所谓辣手著文章，我想不是指绍兴师爷式的刀笔，没有正义感而一味地尖酸刻薄是不足为训的。所谓辣手应是指犀利而扼要的文笔。这一副对联现在已不知去向，但是无形中长是我的座右铭。

稍长，在一本珂罗版影印的楹联集里，看到一副联语"平生感意气，少小爱文辞"。是什么人写的，记不得了。这两句诗是杜甫《移居公安县赠卫大郎》里的句子，我十分喜爱。这两句是称赞卫大郎的话，仇注："感其平时意气，如江海之流易合，又爱其少而能文，知风云之会有期。"卫大郎能当得起这样的夸赞，真是"不易得"的人物了。我一时心喜，仿其笔意写成五尺对联，笔弱墨浊，一无是处，不料墨迹未干，有最相知的好友掩至，谬加赞赏，携之而去。经付装池，好像略有起色，竟悬诸伊之客室，我见之不胜愧汗，如今灰飞云散人琴俱渺矣！

一九三一年夏，与杨今甫、赵太侔、闻一多、黄任初诸君子公出济南，偷闲游大明湖。泛小舟，穿行芰荷菱芡间，至历下亭舍舟登陆。仰首一看，小亭翼然，榜书一联"海右此亭古，济南名士多"。这是杜甫于天宝四年陪李北海宴历下亭诗里的两句，亭为胜迹，座有嘉宾，故云。大凡名胜之地必有可观，若有前贤履迹点缀其间，则尤足为湖山生色。当时我的感触很深，"云山发兴""玉佩当歌"的情景如在目前，此一联语乃永不能忘。

西湖的楹联太多了，我印象深的只有两个。一个是岳坟的一副："青山有幸埋忠骨，白铁无辜铸佞臣。"自古忠奸之辨，一向严明。坟前一对跪着的铁像，一个是秦桧，一个是裸着上身的其妻王氏，游人至此照例是对着秦桧以小便浇淋，否则便是吐痰一口，臭气熏天，对王氏则争扪其乳，扪得白铁乳头发光。我每谒岳坟，辄掩鼻而过，真有"白铁无辜"之叹。白铁铸成佞臣，倒也罢了，铸成佞臣之后所受的侮辱，未免冤枉。西湖另一副难忘的对联是"万顷湖平长似镜，四时月好最宜秋"。联在平湖秋月，把"平湖秋月"四个字嵌入联中，虽然位置参差，但是十分自然。我因为特别喜欢西湖的这一景，遂连带着也忘不了这一副对联。